長靴を穿いたテーブル

岩田道夫

未知谷
Publisher Michitani

長靴を穿いたテーブル

目次

長靴を穿いたテーブル

序あるいは夜の響き

星座は　こうこうと車輪をまわして
夜空を渡って行きました。
深海では　盲目の魚たちが　どきどきしながら
それを聴いていました。

⁂

月は地球をみて思いました。
……やけに　せわしなく　俺のまわりを
　ぐるぐる　まわりやがる……

月の蕩児

森の蛇は怯《おび》えていた。

たったいま、この森の上を、太いズボンを穿《は》いた月が跨《また》いで行ったからだ。

どこへ行くのだろう、と、鎌首もたげ、後ろ姿をそっと窺《うかが》った。

すると、月の背中のほころびから見えたのは、実に複雑な機械の一部だった。

なるほど月は機械仕掛けの代物だったか、と、蛇は安堵して、沼のある湿地へ帰って行った。


大柄な子守女は、星座を掻き分けて、逃げた子供を捜《さが》していた。

やっとみつけたのは、その子がまさに海を地球から引剥《ひきはが》そうとしている最中だった。

子守女は月を抱き上げ、折檻《せっかん》をして、また揺籠《ゆりかご》に入れてやった。

ムジは海岸でひとりぽっちになってしまった。

さっきまでいっしょに遊んでいた、あの大きな明るい丸顔の子は急にどこへ行ってしまったのだろうと、あたりを見回した。

空にいつのまにか月が出ていた。

ムジは砂の中に足をつっ込んで、昼間よくするように足を暖めようとした。

けれども、陽の落ちた海岸の砂は、すっかり冷たくなっていた。

たくし上げたスカートを元通りに直し、靴と靴下を両手に下げて、ムジは家に、帰った。

着くなり、〝ろくでもないやつ奴《め》！〟と、かあちゃんは戸を閉めてしまった。

ムジは家畜小屋に入った。

すると牝牛が首を出して、おかえり、と言った。

犬が、ふんふんまたかい、と言って、ムジの足をなめた。

しょっぱいだろう？　と尋《き》くと、まあね、と言って、犬は井戸の所へ行った。

あんた、いま乳《ちち》でる？　とムジは尋いた。

牝牛が頷《うなず》くと、ムジは夕食がわりにその乳を飲んだ。

皆が眠っても、犬は番をしなくてはならなかった。

ああ、と犬は溜息《ためいき》をついた。

別に辛《つら》いのではなくて、〝辛い犬〟というのを演じてみたかったのでいつもこうした。

おかげで、そのたびに胸のせまる想いさえした。


月が高く昇ってくると、風景が青くふんわり見えた。

犬は蠟燭《ろうそく》の火のように、まっすぐ背を伸ばして坐っていた。

やがて、家畜小屋の中で、皆が最初の寝返りをうつと、それにつられて天の月も揺籠の中で寝返りをうった。

その気配に、先ず犬の耳がつっ立った。

犬はあわてて己れの耳に従って、何か聴きとろうとした。

けれども、夏の気怠《けだる》い虫の音《ね》しか聞こえない。

犬は手当り次第、見つめまわした。

どうしたの？　と、ムジが家畜小屋の中から尋いた。

いや……と、犬は曖昧《あいまい》な返事をした。

どうしたね？　と、牝牛も起き出した。

どうしたんだ？　と、馬も首を伸ばした。

いや、なんでも……と、犬はますます曖昧な返事になった。
月に化かされたんじゃないの？　とムジがからかった。
すると、犬はなんとなくそんな気にもなって、また、溜息をついた。

月はほんとに化かすものなのかい？　と、馬は真面目にムジに尋いた。
さあね、と言って、ムジは黙ってしまった。
そこでみんなはまた眠るために目を閉じた。
すると、ふいにムジが言葉を続けた。
——もう、みんな……化かされてる。
みんな、また目を開いた。
さっきより大きく。
——どうしたらいいんだ？
——取ってしまおう。

外に出ると、月はもういちばん高く昇りつめていた。
先ず、馬が月に近づいた。

けれども、馬はリラの樹以上の高さは登れなかった。
犬はただ、じっと見ていた。
犬は少しも登れなかった。
次に、牝牛が月に近づいた。
でも、牝牛はポプラの樹の三倍ぐらいの高さで降りて来てしまった。
どうしても無理だねえ、と牝牛はため息をついて、地面に、とんと足をついた。
最後にムジが提案した。
先ず、馬の上に牝牛が乗った。
次に、牝牛の上に犬が乗った。
最後に、犬の上にムジが乗った。
馬はリラの樹の高さまで登った。
そこから牝牛がポプラの樹の三倍の高さを登った。
そこで、犬がわずかに飛び上がり、ムジがつま先立った。
おーい
ムジは呼んだ。

なんだろう、と、森の蛇が頭を上げた。
見上げると、月のすぐ下に、ムジと犬と牝牛と馬が一直線に下がっている。
蛇はまだよくわからずに、眸《ひとみ》を凝《こ》らした。
すると、そのまなざしに押されて、ムジは月へ昇って行った。
牝牛と馬と犬は、ゆっくり落ちて行った。

家畜小屋の井戸の傍で、犬と馬と牝牛は月を見上げて、心配そうに溜息をついた。
もう、月はだいぶん傾いていた。
やがて、また眠りにつくと、まもなく夜明けがやってきた。
目覚めると、いつのまにかムジも、家畜小屋の藁《わら》の上に眠っていた。

Un Jour（一日）

1　夜明け

裸足《はだし》でやって来たその子は、森をめくり、裏がえしてしまいました。

それから川へ行って、森を洗い、自分の足も洗いました。

そして、その子はまた元の所に森を敷いておいたのですが、森の中の動物たちも、小さな草花も、その夜はすっかり眠り込んだまま、そんなことがあったとも知らず、ようやく夜が明けはじめ、山鳩や蛙などが目を覚ますと、今朝はなんだか露がいっぱい森に降りたぞ、と驚いたのでした。


やがて、その子も目を覚ましたのでした。

自分のベッドの中で。

裸足のままベッドを降り、窓をいっぱいに開けると、森は朝の光に、あらゆる色で輝いていました。

洗われた森は、露のしずくでいっぱいでした。

けれどもその子は、昨夜のことなど何も覚えていないのでした。

その子のかかとには、まだ、洗い忘れた森の土が少しついているというのに。

2　授業

〝先生の頭は、どうして月のように見えるのだろう〟

とみんなは思いました。

すると、先生の頭はやはりほんとうに灰銀色の月でした。

「先生、どうして月になられたんですか？」

みんなが首をかしげて尋《き》きました。

すると先生は、

〝らあ　らあ　らあ〟

と笑いながら、教室の天井まで浮かび上がり、金色に光るのでした。
「先生、いいですねえ」
みんなが、ぽっかり口を開けて天井を見上げると、先生は
「では、みんな来なさい」
とおっしゃられました。
すると、みんなもいつのまにか、天井まで浮かび上がっているのでした。
そうして、くるくると先生の周《まわ》りを廻《まわ》るのでした。
ぺたぺたぺたと、天井にみんなの足跡《あしあと》がつきました。
「こらこら　そんなことをしてはいけない」
先生は注意されるのでした。
するとそのとき、太陽が小さな雲から現れて、辺りがとても明るくなりました。
おやっと思ったら、みんな元通り、椅子《いす》にこしかけているのです。
先生も元通り、黒板に向かって、計算の問題を書かれているのです。
先生の頭も、月のようでなんかありません。
〝ふうん　おかしいなあ……〟
やがて、いつの間にか　空には白い月が昇っています。

3　給食

学校の上に白い月が出ていました。

それを見上げていたのは給食のおばさんでした。

月は給食のおばさんのまなざしをつたい、のろりと降りて来て、給食のおばさんの大きなおたまじゃくしに入りました。

すると、その白い月は円いせんべいのような月の骨なのでした。

給食のおばさんは、さっそくその月の骨で、みんなのスープを拵《こしら》えました。

教室では待っています。
みんなが、早く給食こないかな、と。
いただきまあす　いただきます
一口飲むと、
〝らあ　らあ〟なんておかしな月の骨のスープでしょう。

二口飲むと、
〝らあ　らあ〟なんてくすぐったい月の骨のスープでしょう。
三口飲むと、
ただもうみんなおかしくて、
〝らあ　らあ〟〝らあ　らあ〟〝らあ　らあ　らあ〟
先生も生徒も給食のおばさんも、みんなで、
〝らあ　らあ　らあ〟〝らあ　らあ　らあ〟
昼休みも　〝らあ　らあ　らあ〟
授業が始まっても　〝らあ　らあ　らあ〟
学校が終わるまで、給食のおばさんも生徒も先生も
〝らあ　らあ　らあ〟
〝らあ　らあ　らあ〟
と、ただ何もせずに笑っていたのでした。

4　道草

みんなが丘の学校で、しんと授業を受けている昼日中、人っ子ひとりいない丘の坂道は、リボンのように空へ翻《ひるがえ》って揺れています。

道の両わきにくっついたまま、桜の木も、おたまじゃくしのいる小川も、坂道といっしょに空へ翻って揺れています。

道は静かに昼の陽射しに暖められて、のんびり螺旋《らせん》を描いています。

やがて、下校の時間になると、丘の坂道はみんなのために、あわてて空から降りて来ます。

道の両わきにくっついていた桜の木も、おたまじゃくしのいる小川も、いっしょにいつもの場所へ降りて来ます。

けれども、今日はさいしょに学校から駆け降りて来たその子があんまり早すぎたので、坂道のいちばん下の端は、まだすっかり空から降り切っていなかったのでした。

それでその子は、丘の坂道を下まで降りたと思ったら、ふっとそのまま空の中へまぎれ込んでしまったのでした。

あとから来た子供たちは、
〝おや　あの子　風みたいにもうどこかへ行っちゃったぞ〟
と思って、不思議そうに辺りを見回しました。

やがて、みんなが家に帰ったずっと後になって、やっとその子は自分の家に帰って来ました。
そうして、遅くまで道草をしていた罰に、夕ごはんも食べさせてもらえませんでした。

でも、その子には、今日はいつもよりずっと早く、まっすぐ家に帰って来たような気がするのでした。

ふくじゅ草

太陽のまわりにぼんやりと　うすい虹のかかっている春のことです。

まだ遠くの山の頂では雪が残って、それが青くさえ見えるのです。

ゆるやかな風に吹かれながら、丘のふもとに、ふくじゅ草が一輪咲きました。


空には高く風が吹き、見えないほどかすかな雲の氷のつぶを飛び散らしているのです。

ふくじゅ草は、その白く何もない空を見つめていました。

すると　そこへかごを手にして、花を採りに娘がやって来たのでした。

娘は、ふくじゅ草のそばにやって来ると、かがんで、そのほころびはじめた黄色い花を見つめていました。

ふくじゅ草は、やはり空をみておりましたが、たった今、陽の光を遮《さえぎ》ったのはだれか知らん、とぼんやり頭をめぐらせました。

「……私を今、かげの中に入れたのは　あなたですか……」

ふくじゅ草は、娘を見て言いました。

娘は、手に持ったかごを置いて言いました。

「ええ　けれども私はあなたをもっとよいところへ連れに来たのです」

「……よいところ……ここよりもよいところがあるのですか?」

ふくじゅ草は、あいかわらず何もない空を見つめながら言いました。

娘は、陽の光を遮らぬよう、自分の体を少しよけてやりました。

「ええ　ここよりよいところへ連れて行きましょう」

ふくじゅ草は、やはり何もない空を見つめながら言いました。

「……ここにはこんなに光があります。そこにもこんなに光があるのですか?」

娘は移植ごてを土に当てながら言いました。

「ええ　いちばん陽の当たるところへ置いてあげましょう」

ふくじゅ草は娘を見て言いました。

「そこにも　このように静かな風は吹いているのですか?」

娘は移植ごてを土にさして言いました。

「ええ　良い風の吹くところへ植えてあげましょう」

ふくじゅ草は、空を見て言いました。

「けれども　私にはここがいちばん良いように思う……」

娘は　ふくじゅ草をすっかり掘り出して　言いました。

「私の庭は　誰からも荒らされることはないの」

「……けれども　私にはやはりここが良いように思う……」

ふくじゅ草は　かごに入れられ、また白い空を見つめました。

娘は　かごの中のふくじゅ草をしばらく見つめて、安心させるように言いました。

「私はいつも不自由のないように毎日水をあげましょう」

ふくじゅ草は空を見渡して言いました。

「……でも……あの青い山々は　どこに行ってしまったのだろう……」

娘は　ふくじゅ草をかごから出して、雪を頂に白く積もらせた山並を見せてやりました。

「……あの山は、これから行くところにもありますか?」

ふくじゅ草は、青くけぶったその山々をみつめて言いました。

娘は、もう一度ふくじゅ草をかごに入れて言いました。

「家やかきねにかこまれて、きっと見えないかも知れません」

ふくじゅ草は、空をみつめたまま黙っていました。

しばらくふくじゅ草が何も言わないので、娘は心配そうにまた言いました。

「……でも　いろいろなものがあなたのまわりにあるのです。それはきっと見たこともないものでしょう」

「……そうですか……それなら行ってみましょう」

ふくじゅ草は娘を安心させるためにそう言いました。

娘はかごを持って、水の切れぬよう、急いで町の中の家に帰りました。

そうして小さな庭のいちばん陽の当たる場所に、ふくじゅ草を植えてやりました。

「どうでしょう　ここでいいですか？」

娘は心配そうに言いました。

ふくじゅ草は、空をみつめて言いました。

「ええ　とてもいいです」

けれども、空は、おかのふもとにいたときよりも広々と広がってはいませんでした。

町の風も、ふくじゅ草にとっては、きれいな風ではありませんでした。

野原の、ささやくような静けさも、町の中にはありませんでした。

ふくじゅ草は、それでも、毎日せいいっぱい花を開き、娘も毎日、水を切らさぬようにしました。

ふくじゅ草は、いつも空を見つめていました。

もちろん、狭い空の他に、そこにはいろいろなものが見えました。

かきねや壁や窓やえんとつやらが見えました。

ふくじゅ草はだんだんとそういうものも眺めるようになりました。

やがてそのうち、ふくじゅ草は、窓の中や、かきねの外から自分をときどきぼんやりと見ている人たちがいるのに気付きました。

「あの人たちは何をしているのですか?」

ある日、ふくじゅ草は娘に尋《き》きました。

「ええ……」娘は答えました。

「みんなあなたを見ているとなんだか不思議と安心するのです」

ふくじゅ草もなんとなく安心して空を見ました。

すると　ふくじゅ草は、ここに咲いていることが何よりいちばん良いことのように思えました。


次の朝、娘が庭に出てみると、ふくじゅ草の花はすっかり散って、黄色い花びらをしめった土の上に落としていました。

とうきび

そのとうきびは畑のすみのくりの木の下に、のそんと立っていました。

うっかり刈り忘れられて、ただ一本、ぼんやり立っていたのでした。

とうきびは毎日毎日、雲や山を眺めていました。


雲は大きなかたまりとなって、来る日も来る日も変化して、来る日も来る日も東の方へ流れて行きました。

山はいつも同じかっこうで、びくりとも動きませんでした。

……私は、あの動かないものと同じなのかもしれない……

と、とうきびは山をみつめて思いました。

やがて冬の前ぶれの強い風が吹いて、とうきびはあちらにゆれ、こちらにゆれ、たおれそうになりながら、はげしく動きました。

……私は、あの刻々と動いて行くものたちと同じなのかもしれない……

そう、とうきびは雲をみつめて思いました。

すっかり寒くなると、とうきびも枯れて、地に横になりました。

それでもとうきびは毎日、山や雲を眺めていました。

やがて雪が降りつもり、とうきびはその下で、だんだん土に還《かえ》って行きました。

オンディーヌ

海の波が戯《たわむ》れに生んだその娘は、生まれた時からあらゆる言葉を話し、あらゆる歌を唄《うた》うことが出来ました。

けれども、娘は毎日、富士壷《ふじつぼ》のたくさん付いた岩に腰を掛《か》け、溜息《ためいき》を吐《つ》くことしかしませんでした。どんな楽しいおしゃべりも、燃えるような唄も、聴いてくれる者がいないからです。時々、鮃《ひらめ》や蛸《たこ》に話しかけてみても、鮃はアル中のとろんとした眼差《まなざし》を向けるだけだし、蛸は、ホウと唸《うな》るばかりで、一向《いっこう》、話になりません。

たまに難破船の中に入り込み、人間達の前で唄ってみますが、彼らは全く不愛想《ぶあいそう》で、感嘆の溜息どころか、不作法な格好《かっこう》で黙りこくっているばかりでした。

いつも娘はがっかりしてそこを出ました。

そんな娘を哀《あわ》れに想《おも》う者は誰もいなかったので、娘も、自分が不幸だなどとは思いもしませんでした。

ただ、唄やおしゃべりを聴いてくれる誰かに会いたいと願うだけでした。

けれども娘は、毎日じっとしてそんな誰かを待っている自分に気がつくと、思わず微笑しました。待っても誰もやって来ないことはよくわかっているはずの自分なのですから。

と言っても、娘が自由に動くことの出来る場所は海の底だけでした。

上に昇ると苦しくなるので、娘は、朝になると、はるか上をゆっくり泳ぎ始める金色の輝く魚はいったい何処《どこ》からやって来るのだろうと、いつも不思議に想うのでした。たぶん、あの輝く魚の居《い》る世界に行ってみれば、誰かに会えないこともないだろう、と娘は考えました。でも、そのためには、海の中でしか生きられない娘は、海を連れて行くことがどうしても必要でした。

それは娘にとって、大変難しい仕事です。

海は気まぐれな上に、容易に誰の意見も聞きません。

娘はあらゆる波に幾日も頼みました。

しかし、海は承知しません。

娘はあらゆる流れに、前の倍の時と情熱をかけて頼みました。

それなら、と海は言いました。

船を一艘《そう》、沈めるのを手伝うと約束するなら、おまえのために動いてやろう。

娘は喜んで約束しました。

ところで、上の世界と言っても、どの辺に行ったら良いのかと娘は迷いました。そこで、娘は難破船に入って、人々に尋ねてみました。

しかし、あいかわらず誰も何とも言いません。娘はがっかりして船を出ました。娘はそのとき、ふと思い付いて海に尋《き》きました。

——私にいちばん似ているひとはいるかしら。

すると、海は辺りに激しい流れを起こし、難破船の中に居たひとりの男の首から、錆《さび》た細い鎖《くさり》を引きちぎりました。

そして、それを娘の足もとに落としました。

娘が拾い上げると、それは銅製のロケットで、中には、色褪《あ》せた少年の写真が嵌《はま》っていました。娘はそれを見つめて頷《うなず》くと、海は動き始めました。

＊

ちょっと油断したために、少年の部屋は、すっかり変貌《へんぼう》していました。

戸《ドア》の蝶番《ちょうつがい》がいけなかったのか、窓硝子《ガラス》が割れていたためなのか、わかりません。いずれにしても、少年はうっかり、海に自分の部屋を開け渡してしまったらしいのです。

部屋の戸を開けると、そこは、はるかに水平線の見える、果てしもない海でした。

「おい、どいてくれ」

少年の肩を突き飛ばしたのは、ゴム合羽《がっぱ》を着た漁師でした。

「あぶねえぞ」

漁師は吐き捨てるように言って、かつて少年のものだった部屋に入って行きました。

それと入れ違いに、白いスーツを着た紳士が出て来ました。

「きみ、安いホテルを知らないかね」

少年は、しかし、訳《わけ》がわからず、あなたは誰かと尋ねることさえも忘れて、ぼんやりつっ立っていました。

「あなた、わかった? 船酔いはするし、疲れちゃったわ、もう」

今度は、つばの広い帽子を被《かぶ》った御婦人が現われます。

「いま尋いているところだ。しかし、この子は頭が悪いらしい」

こうして、毎日毎日、夜中まで、漁師や旅行者がひっきりなしに少年の部屋を通過するようになったのです。

少年は遣切《やりき》れない気持で、嵐になって戸がこわれたらどうしようとか、机の上に置いたやりかけの宿題のノートはどうなったろうとか、いろいろ心配しながら日を送りました。

しかし、一週間もすると、少年は旅行者の応対にも慣れ、彼らの呉《く》れるチップで、安っぽいラジオも買えるようになりました。

もちろん、買っても置くべき部屋がなくなったので、仕方なく肩にかついで聞いていると、やがて、旅行者相手に天気予報のアルバイトも出来るようになったのです。

少しずつ貯金も貯《た》まり、生活に自信が出来て来ると、宿題の心配などすっかり忘れ、すぐにでも学校をやめて、アフリカで商人になろうか、それともブラジルの奥地に住んでみようか、と想うようになりました。そして、部屋の中に居すわった青銅色の海を、飽《あ》かず眺めている日が多くなりました。

海の底で、そんな少年の心を感じた娘は、自分でも気づかずに、アフリカの歌や、ブラジルの歌を唄い出しました。

すると、少年の想いは、ますます強くなって行くのでした。

娘はそれを知って、初めて自分の歌の力を悟りました。そこで、異国の歌を次から次へと唄いました。

少年は堪《たまら》なくなって、ある日、一艘《そう》の小舟に乗り込み、部屋に居すわった海の中へ漕《こ》ぎ出しました。

しかし、海はそんな少年の想いにはおかまいなしに、自分の思うがままの活動を始めます。

その日、海は波を巨人の歯形のように水平線いっぱいに広げ、少年の舟を飲み込みました。

やがて、舟が海底にたどり着くと、娘はその舟の中に入って、少年に語りかけました。

けれども、少年の魂は、ただひたすら異国を憧《あこが》れるばかりで、娘にはちっとも気付きません。

そこで娘は、少年の手を取って唄い始めました。

すると、少年の身体に魂が返って、苦しそうにもがくと、あっという間に舟を飛び出し、上へ上へ昇って行ってしまいました。

娘はあわてて後を追いましたが、昇るにつれて苦しくなって来ます。

娘は海に言いました。

——何故《なぜ》、私と同じ心を持ったひとに会わせてくれなかったの。

すると、海は答えました。

——あの子は、おまえと同じ強い憧《あこが》れを持っていたのさ。

それを聞いて、娘は生まれて初めて悲しくなり、ひとしずくの涙に変わると、海の中に散ってしまいました。

電信柱と椎《しい》の木

月もない、夜中の停車場につっ立っていたのは、まあたらしい電信柱でした。

電信柱はつのを青白く燃やしながら、もう使われなくなった古い転轍機《てんてつき》と話していました。

「そんなところで寒いだろうに、転轍機」

「お前さんは牛だろうか？　星だろうか？」

「それは知らない。きっと、私は大事なことをしている……」

「お前さんのつのはいいものかい？　蒸気かい？」

「そんなことは知らない。でも私はきっと大事なことをしている……」

「お前さんのお父っつぁんも星かい？　それとも……」

転轍機の表面に霜が降りて、転轍機は黙りました。

電信柱はつのをゆらゆら揺らせながら、電気の火花をぱちぱち言わせました。

すると、むこうからトロッコがひとつやって来ました。

「……どいてくれ、どいてくれ、急いでいるんだ」

「何を急いでいるんだ？　トロッコ」　電信柱は尋《き》きました。

「間に合わないんだ。大事なことなんだ」

「何をするというんだ？　トロッコ」

「話しかけないでくれ。止めないでくれ……」

そう言って、トロッコはごろごろごろごろ行ってしまいました。

すると、遠くで風をひゅうひゅう言わせていた椎の木が、

「あはははは……」

と笑いました。

電信柱は、何がおかしいんだ、というふうに椎の木を見つめると、椎の木は別の方向を向いて、黙っていました。

「おまえはどうしてつっ立ったままだ？　椎の木」

椎の木は黙ったままでした。

「どうして風をひゅうひゅう言わせる？　椎の木」

椎の木は黙ったままでした。

「どうしてみんなと働かない？　椎の木」

椎の木は黙ったままでした。

電信柱はまた電気をぱちぱち言わせました。

それから電信柱は自分の体に降りはじめた霜と話しました。

「霜、お前には目がないのか？」

霜はだんだん、電信柱の体をおおいました。

「霜、お前には口がないのか？」

霜はずんずん、電信柱の体をおおいました。

「霜、お前には耳がないのか？」

霜はすっかり電信柱の体をおおいました。

そこで電信柱は転轍機と同じように、黙り込むしかなくなりました。

あいかわらず遠くの方で、椎の木が風をひゅうひゅう言わせていました。

それはかすかに
「あははは……」と笑っているようでした。

蜥蜴

蜥蜴《とかげ》は草藪《やぶ》の中で星をみつけた。
なんとも大きな星だった。
持って帰ろうとしたが、ちっとも動かない。
かじってみたが、おいしくない。
蜥蜴は友人のところへ行って
どうしたものか　と相談した。
ほうっておけ　と友人は言った。
それで蜥蜴はほうっておいたのだが
いまだにその星……地球から
どうやって降りたらよいものか
わからない。

星

それは、大海の上に浮かぶ島のように見えましたが、実は、天から落ちた小さな星なのでした。

星は水よりも少し軽かったので、かすかに水面に浮いて、それは島のように見えたのでした。

それはほんとうにはるか昔のことでしたので、いつの間にか星の上には、草も木も動物も住むようになっていました。

ところがある日、星は長い長い眠りから目覚め、仲間の星々のところへ帰りたいと思いました。

星は真夜中に、水面からそのまるい体を少しずつ現して行きました。

そうして、水をぼとぼとと落としながら、夜の、またたく星々に向かって昇り始めたのでした。

その上の草も木も動物もみな、眠ったまま昇って行きました。

どれくらい時間がたったでしょう。

星はなかなか他の星々に近づくことはできませんでした。

そのうち、草も木も動物も起き出して、おお、これはどうしたのだろうと、びっくりして天をあおぎました。

すると、もう朝のはずなのに、空には黒々としたびろうどの上に、夜の星々が輝いているのでした。

そうして、天の真中には、見たこともない青い月が出ているのでした。

ああ、あれは何だろう、と、木が指さすと、別の方向から、よく見なれた月も、小さくなって見えて来ました。

草も木も動物も、みな震えながら天を見つめていました。

長い時間がたちました。

星は、なかなか他の星々に近づくことはできませんでした。

草も木も動物も、
太陽はいったいどこへ行ってしまったのだろう
と、あちこちさがしまわりました。

すると、太陽は星の反対側の天に小さく輝いていました。

草も木も動物も、太陽があんなに遠くなってしまったと言って、涙を流しました。

と、そのとき、星は自分のすぐそばで誰か泣いているのを聞きつけて、ふと立ち止まりました。

「誰だ、誰が泣いているのだ?」

「……あなたの上に住んでいる者です」

草と木と動物が答えました。

「どうして泣いているのだ?」

「……太陽が、あんなに遠くはなれて行くのです」

「そうか、しかしがまんしておくれ。私は仲間のところへ帰りたいのだ」

「……私たちは太陽がないと死んでしまうのです」

「そうか、しかしあきらめておくれ。私は仲間のところへ帰りたいのだ」

そう言って、星はまた他の星々をめざして昇り始めました。

草と木と動物は、黙って震えながら、小さくなって行く太陽をみつめていました。

長い時間がたちました。

星は、なかなか他の星へ近づくことはできませんでした。

星は立ち止まって、少し休みました。

いま、星はどの星々からもはなれて、ひとりぽつんとそこにあるのでした。

そうして、星々は近づけば近づくほど、お互いが遠くはなれて行くのでした。

あんなにぎっしりひしめき合って見えた星々が、ほんとうはこの広い空間の中に、それぞれとてもはなれて浮いているのでした。

「どうしたものか……」

と、星は初めて迷いました。

「……もっと先へ行くべきだろうか……

……どうしたらいいだろうか」

星は自分の上に住む者たちに尋《き》きました。

けれども、答えはありませんでした。

もう、太陽はずっと前に見えなくなっていました。

「……どうしたらいいだろうか」

やはり答えはありません。

星は、自分の上に住んでいた者たちが、自分のために滅んでしまったのを知ると、今まで感じたことのない悲しみがこみ上げて来ました。

そして、星は何か自分の内に激しく流れ出て来るものを感じました。
ああ、爆発するのだろうか、と星は思いました。
でも、そうではありませんでした。
星はそこに止まったまま、激しく光り出したのでした。
そうして星は、自分の寿命がつきるまで、そこで輝きつづけていました。

土星帽子

1

その森の真中には、いつも土星が腰を降ろしていました。

土星は青緑色の光を燐《りん》のようにこぼしながら、倒れた喬木《きょうぼく》の上に腰かけていました。

森の上空には、アンドロメダやプレアデスがゆっくりとまわっていました。

辺りには、暖かい南風が吹いていました。

森はすこうしざわざわ言って、たくさんの葉が星の光をはね返しました。

ふと、そこへ赤い髪をしたライオンがやって来ました。

ライオンは倒木の上に腰掛けている土星をみつけて、はっとしたようでしたが、用心深く土星のそばへ寄って行きました。

土星は帽子を目深《まぶか》にかぶって、少しうつむいて地面をみつめていました。

ライオンは、軽く石を投げてとどくくらいに近づくと、足を止めて、じっとその様子をうかがいました。
しばらくお互いに黙っていました。
それから、
「ぼくを、食べたいのかい?」
と土星は尋《き》きました。
ライオンは、はっと驚いて、音もなく後ろへひと飛びしました。
「そうでない、そうでない」
と、ライオンはつばをのみこむようにして言いました。
そして、ライオンはさらに話し始めました。
「わしはついいましがた、椎の木をのぞいた。
するとわしの鼻面《はなづら》は細長い雲にとどいた。
そこでわしはその雲に足をかけた。
するとわしの鼻面は月へとどいた。
そこでわしは月に足をかけた。
するとこんどはわしの鼻面が火星のダイモスへとどいた。
そこでわしはダイモスに足をかけた。

するとわしの鼻面は大きな大きな帽子にとどいた……」

すると、土星は自分の帽子を脱いで、それをライオンの鼻面へ持って行きました。

「それは、こんな帽子だったかい？」

「……そうだ、そうだ」

ライオンが驚いて言うと、土星はまた言いました。

「ね、ぼくのひざに足をかけてごらん……そう、そう……何が鼻面に当たったった？」

ライオンの鼻には、何やらとてもチクチクするものが当たりました。

ライオンがよく目を凝《こ》らして見ると、それはプレアデスの星々でした。

そこで、クックックッと土星が笑ったので、ライオンは驚いて、もう一度後ろへ大きくひと飛びしました。

すると、辺りはまた星明りだけの森の中でした。

倒木の上には、もう土星はいませんでした。

ライオンは赤い髪をしずかにゆらしながら、用心しいしい、その場所を通り過ぎて行きました。

2

その屋根の上には、いつも土星が腰を降ろしていました。

土星は青緑色の光をトタン屋根の上にこぼしながら、少しうつむいて、街の灯りを見ていました。

街の上には、街の灯りで少しうすくなったペルセウスやアルデバランがゆっくりとまわっていました。

ふと、下の通りを、ひとりのルンペンが通りかかりました。

ルンペンはとてもくたびれていたので、土星がすぐそばの屋根の上に輝いているのを見ても、立ち止まりもせずに通り過ぎようとしました。

すると、土星は手をぬうとのばし、ルンペンの襟首《えりくび》をつかまえて持ち上げました。

そして、

「さあ、眠れ眠れ」

と言って、ルンペンを、ひょうと空へほうり上げました。

と、ルンペンは空の闇の間にかくれて見えなくなってしまいました。

…………

それからしばらくして、

「……さっきの人は……どこへ行ったの……?」

と、すぐそばで尋《き》く声がありました。

すぐ向かいの家の窓がひとつ開いて、小さな子供が顔を出しているのでした。

土星は少しうつむいたまま黙っていると、窓から身をのり出して、その子は天頂の方をみつめました。

すると、その夜空の上を、さっきのルンペンがさかさまになって、とぼとぼ歩いているのでした。

そして、何か小さな星にけつまづいたかと思うと、空気の抜けていく風せんのように、くるくるいそがしくまわって、ひゅうぅと空から落ちて行きました。

最後にルンペンは明るく輝いて、流れ星のようになりました。

「……さっきの人はどこへ行ったの?……」

と、その子はまた尋きました。

すると、土星はまたぬうと手をのばしてその子供をつかまえると、

「眠れ眠れ、さあっ」

と言って、ひょうと空へほうり上げました。

その子はてっきり自分も流れ星になるぞと思いました。

ところが次の日の朝は、ちゃんと自分のベッドで目を覚ましたのでした。

3

その教室の真中には、いつも土星が腰掛けていました。

土星は青緑色の光も発せず、大きな帽子もかぶっていなかったので、誰もそれが土星だとはわかりませんでした。

土星は他の子たちと同じように、先生の話を聞いていました。

土星は他の子たちと同じように18に37をかけました。

土星は他の子たちと同じようにナイル川とチグリス川の違いを覚えました。

そしてある日、その教室は土星の磁場のおかげで、雲と雲の間に浮かんでいました。

またある日、その教室は土星の軌道に沿って回転していました。

またある日、その教室はアンドロメダの傍を通過しました。

でも、そのことに気付いていたのは、いつも先生の話を聞かずに窓の外ばかり眺めているひとりの男の子だけでした。

その子は、ふと手をのばして冥王星を自分のポケットに入れました。

すると、また教室の磁場は混乱して、時計の針が反対に回りはじめました。

それでも教室ではいつも通り、2・3が6、2・4が8と授業がつづきます。海王星の傍を通っても、プレアデスの中を通過しても、暗黒星雲をもぐっても、3・3が9、4・2が8と授業はつづいて行きました。

ところがそうやって勉強すればするほど、みんな頭の中からどんどん忘れて行くのでした。

先生さえもいったい何を教えてよいのか忘れて行くのでした。

あいかわらず時計の針はくるくると反対に回って、教室にいる者はみないつのまにか赤ん坊になっていました。

月の太鼓

月は太鼓でした。
〝どう　どう　どう〟と打つと
まわりの暗闇から馬が脚を出しました。
〝だあ　だあ　だあ〟と打つと
いっせいに流れ星が落ちて
馬のたてがみにささりました。
暗闇の馬は月をまたいで地上に降りて来ました。
蹄《ひづめ》には
水蒸気のサンダルを履いていました。
地上に降りた馬は最初に見つけた杉の木を覗きました。
すると中には黒々とした滝が落ちていました。

それからもみの木を覗きました。
するとそこには
りんりんと炎がひびわれていました。
それからにれの木も覗きました。
するとそこにはふさのついた巨大な旗が
風もないのに
はたはた翻《ひるがえ》っていました。
馬はぶるるると　鼻を鳴らしました。
それは誰かがたてがみを持って引っぱり上げたからでした。
馬はぶら下げられて
小さなびんの中に入れられました。
大きな顔が馬を覗きました。
馬はびんごとくるくる振られました。
するとたてがみにつきささっていた流れ星がぽたぽたと落ちました。
やがてびんの中には
馬の姿はなくなって

みんな流れ星になってしまいました。
そこで地球の子供たちは土星帽子をかぶると
星になった馬のびんを持って
月の軌道にのりました。
そうして
また月の太鼓を
〝どろ　どろ　どろ〟と打つと
月の太鼓は
ぴゅうと破れて
子供たちはあわててプラズマのターミナルを駆け抜けました。
するとポケットからこぼれた星がいくつか流れて行きました。
流れ星は北の冷たい海へ落ちました。
じゅうじゅうとそれは
海底に紫色の蒸気をまき散らしました。
蒸気は
冷えると

もう一度暗闇の馬になりました。
〝どう　どう　どう〟と馬は海底を駆け抜けました。
たてがみは海草のようにゆれて
やがてさんごのように堅くなりました。
馬は
光の消えた月へ顔を持ち上げました。
すると馬はもんどりうって　海面ははるか頭上に低くなりました。
そこで馬は
月の胴を背負い
太陽のうしろへまわり込んで見えなくなりました。
海底には
馬の形をした穴が
ゆらゆらといつまでも駆けて行きました。

月の田舎牛

朝から立ちずくめの田舎牛は、うっかり自分のまなざしで、乳をしぼっていた田舎娘のジルを月へほうり投げてしまいました。

それ以来、田舎娘のジルは月の娘になりました。


ジルは月の小丘に腰を掛け、休みなく月の乳をしぼりました。

そして、それが両手のバケツ一杯になると、月は新月になりました。

ジルが疲れて眠っている間に、月は満月へと回復しました。

すると、ジルはまた月の乳しぼりを始めるのでした。

やがて、たるいっぱいに乳が取れると、もう入れ物がないので、ジルはやなぎの枝をつたって、地球に降りました。

そして、家の田舎牛の子供たちを十二頭連れて、月に帰りました。

子牛たちは月の乳ですくすく育ちました。

満月が十五回過ぎると、子牛はみな、りっぱな月の牛になりました。

また満月が十五回過ぎると、月の牛は子牛を十二頭ずつ生みました。

生まれたての子牛は、休みなく月の乳を飲みました。

やがて、月は新月になったまま、満月へ戻らなくなりました。

月の娘、ジルは百四十四頭の子牛を連れて、また、やなぎの枝をつたい、地球に降りました。


田舎牛はもうすっかり年をとって、にれの木陰で眠っていました。

ふと目を覚ますと、目の前にうまそうな花がひとつ咲いていました。

そこで田舎牛はそれを、ぱくっと一口で食べてしまいました。

田舎牛は眼もだいぶ悪くなっていたので、それがジルだとはわからなかったのでした。

ジルは牛のお腹の中で、

「月よ　月よ」

とささやきました。

すると、田舎牛もなんとなく月がなつかしくなって、空をあおぎました。
ところが、空のどこにも月は見あたりませんでした。
今、月はちょうど新月でした。
田舎牛はため息をついて、また眠り始めました。
そこでジルがもう一度、
「月よ　月よ」
とささやくと、田舎牛は夢の中で空を見上げました。
すると、そこには満月がこうこうと照っていました。
田舎牛はそれをうっとりと眺めました。
ジルはその田舎牛のまなざしをつたって、月に帰りました。

田舎牛が目を覚ますと、低い空に、ほそい三日月がかかっていました。
そして、目の前には、百四十四頭の子牛がいました。
でも、田舎牛は眼が悪くて、一頭も見えませんでした。
そのかわり、空のほそい三日月だけは見えました。
あんまりよく見えるので、その方へのこのこ歩いて行くと、田舎牛はいつのまにかやなぎの枝をつたって、三日月の上に来てしまいました。
すると、月の小丘の上に、ジルが眠っていました。
田舎牛はジルのそばにおいてあったバケツの中に頭をつっ込みました。
そこには、わずかに月の乳が残っていました。
でも、いくら飲みほそうとしても、どうしてもなくなりませんでした。
そこで田舎牛も、いつまでも月の乳を飲みつづけました。
やがて、ジルが眼を覚ますと、ジルは巨大な田舎牛の背中に寝ていました。
月はどこにもありませんでした。
かわりに、その田舎牛が黄金色に輝いて、天空をのっそりと歩いていました。

西風の連れて来たもの

秋のおわりの夕方、その子は巨大な銅の馬が西風に乗ってやって来るのを見ました。

西風は馬を包んだまま、ぼんやり眺めていたその子の左の耳に入り込んで、消えました。その子は驚いて耳をふさぎましたが、その子の耳には西風の音も、馬のひゞめのかすかな音すらも聞こえませんでした。

けれども、その子がその夜、眠りについたときでした。

やがて、白い波頭《なみがしら》がその子の額の上につっ立ち、その中から馬がたてがみを、こうこうと鳴らしながらつっ立ち、さらに、馬の舌の上に西風がつっ立ちました。

すると、馬の舌の上に生まれた西風は、天井のすみずみまで広がって、馬を包み、波頭を包み、その子の額を、左の耳から右の耳へと駆け始めたのでした。

〝たあ　たあ　たあ〟

ところが、どうしたことか、行けども行けども、その子の額には限りがないのでした。

西風は驚きながらも、その子の額の上を、右の耳へ向かって、全力で駆けつづけました。

その子は眠りながらそれを見て、

〝らあ　らあ　らあ〟

と笑いました。

やがて、ようやく西風が、その子の額を駆け抜け、右の耳についたとき、夜明けがやって来ました。

そうして、西風が朝焼けの中に、そっとまぎれて消えてしまうと、その子は目を覚ましました。


……なんて寒い朝だろう……

その子の額はすっかり冷えていました。

けれども、その子はそれが西風のしわざだったことも、自分がそれを笑っていたことも覚えていませんでした。

窓を開けると、もっと冷たい風がその子を包みました。

そうして、地面には、いつのまにか初雪がうすく積もっていたのでした。

夜の剣《つるぎ》

空では、三日月がまるく背をかがめて、自分のつま先を見つめていました。

地上では、犬どもが自分の声に驚いて、ますます声高に吠えているのでした。

それで眠りから覚《さ》めてしまったひとりの子供が起き上がって、そっとカーテンを開けました。

そのとき、三日月はもう西の山の端《は》にたどりついて、青黒い山に体を半分うずめているのでした。

男の子は、山の端につきささったその三日月をみつけて、手をのばしました。

けれども、とてもとても届きはしなかったので、その子はもっともっと窓から身をのり出して、うんと腕をのばしました。

すると、その子の右腕は、山のすそ野に届きました。

もっともっと身をのり出し、うんうんと腕をのばすと、その子の右手は、山の端につきささった三日月に届きました。

そこで、その子は月の端を握って、青黒い山の中からそれを、ぐいと抜きとりました。

すると、それは青白く、ひらりと光る、半月の細長い剣《つるぎ》なのでした。

〝てう　てう〟

その子は、夜空にそれを、ひとふりしました。

すると、犬どもの遠吠えはぴたりと止んで、犬はみな、小屋の中でおとなしく眠ってしまったのでした。

〝てう　てう〟

その子は、もう一度、剣を西から東へとひとふりしました。

すると、いつまでも夜泣きしていた赤ん坊も、ぐずっていた子供たちも、みんな静かに寝入ってしまったのでした。

〝てう　てう〟

また、その子は東から西へ、青白い剣をひとふりしました。

すると、町中の灯りが消えて、大人たちまでも、すっかり静かに眠ってしまったのでした。

〝てう　てう〟

また、その子が北から南へひとふりすると、森のけものも、人に飼われていたけものも、屋根裏のねずみまでも、静かに眠ってしまうのでした。

〝てう　てう〟

今度は、その子はひとふり、地上を切りました。

するともう、その子を地上につなぎ止めていた大地の引力すらも切れてしまって、男の子は夜風に乗って、空に舞い上がりました。

〝てう　てう　てう〟

ひとふり、ひとふり、月の剣は風を切り、その子は、くるくると空を飛んで行きました。

〝らあ　らあ　らあ〟

その子は大声で笑いました。

すると月の剣は、りんりんと熱くなり、ますます青く光ってくるのでした。

〝らあ　らあ　らあ〟

月の剣はますます青く燃え、その子の右腕も燃え出しました。

その子は驚いて、剣を握りしめていた手を開きました。

ところが、月の剣はその子の右腕から離れずに、その子をつれたまま踊り狂って、風を切り、飛んで行くのでした。

〝てう　てう　てう〟

月の剣は、そうして、その子をつれたまま地平線に落ちて行きました。
その子も、彗星のように青緑色に燃えながら、剣といっしょに地平線の下に落ちて行きました。

やがて、朝が来て、その子は目覚めました。
その子は、いつもの自分のふとんの中にいるのでした。
その子はいぶかしげに辺りを見回して、それから、自分の右手を開いてみました。
すると、その手のひらの真中には、まだ、三日月の跡《あと》がかすかに残っているのでした。

中休みあるいはプネウマ画廊

鳥は空のかたさをしっている

生活する樹のそばを私が通ってゆく

親しい壁のそばに私は立った

鳥をみるために私は立ち止まった

「おまえは」と私は樹によびかける

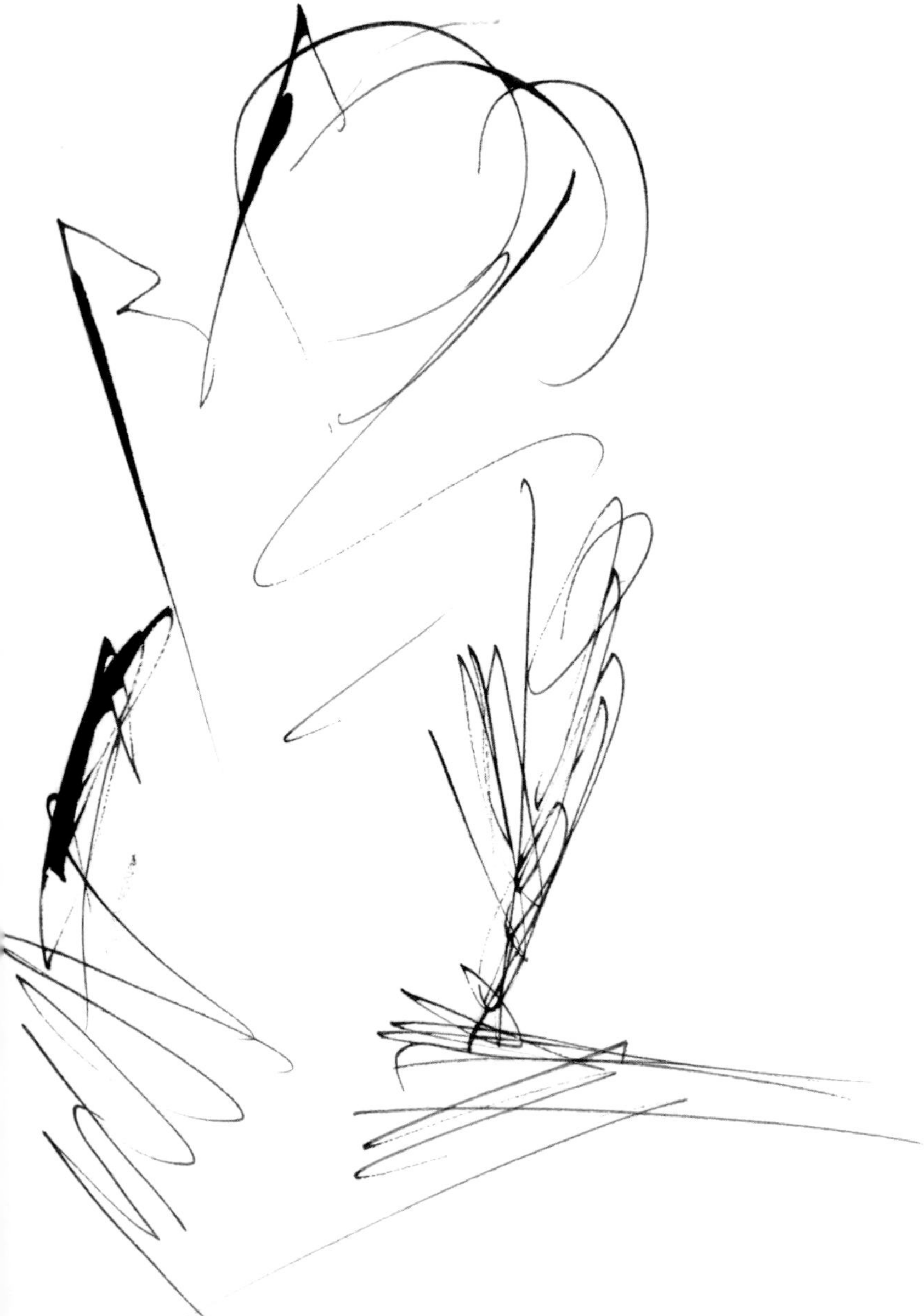

私はおびただしい注釈の必要な注釈だ

遠い海

その日は、夏の真っ盛りでした。

強い日射しを避《さ》けるために、少年は、杉林の中へ入りました。そこは、うすぐらくて、そそり立っている杉の木は、太陽に焦《こ》がされたみたいにまっ黒です。

林の奥から涼しい空気が流れてきます。

少年は、さそわれるようにそちらの方へ足を向けました。

林の奥へ進むにつれて、下草は低くなり、歩きやすくなってきました。でもそのかわり、じめじめしています。ずいぶん歩いたなと思う頃に、虫たちの鳴く声も聞こえない、しんとしたところに出ました。

そこだけ杉の木はまばらになっていて、日の光がところどころ落ちています。

林の真ん中なのかも知れません。まだ、あの涼しい流れはやって来ます。

少年は、もっと奥へ進みました。

すると間もなく、大きな池のほとりに出ました。もう杉の木は見当たりません。ここは杉林の終りなのでした。

でも、この場所は、秋のようにとても涼しくて、太陽の光もやわらかです。池のまわりは、低い木や高い草が囲んでいて、その池がどこまで続いているのか、とてもわからないほどです。

ふと遠くで、水のはねる音がしました。

魚でしょうか。でもその音は、規則正しい間《ま》をおいて起こります。しかも、こちらへ近づいて来るようです。

やがて、高い草のかげから、音の主が出てきました。

小さなボートを少女がこいでいるのでした。

髪に青いリボンをつけたその少女は、そっと岸にボートを着けました。でも、降りようとはせず、ただ少年の方を見るだけでした。少年はあまりじっと見られるので、恥ずかしくなって、水面に視線を落としました。

そのとき、池の水がかすかに流れていることに気付きました。これは池じゃなくて川なのかな、と少年は思いました。

「そう、これは川なの」

尋ねもしないのに答えられたので、少年は驚いてその少女を見ました。少女はかすかに笑いました。

「待っているのよ、乗るのを」

少女は、ちょっとぶっきらぼうに言いました。少年は何か悪いことをとがめられたみたいに、あわててボートに乗りました。

ボートは岸を離れて、また、茂った草の間へ入って行きます。

「あの……僕たち、どこへ行くの？」

少女は答えずにボートをこぎつづけます。

「僕、おばさんの家に行くところだったんだ。遠い親戚《しんせき》で、まだ一度も会ったことないんだけど……」

少女はかすかにうなづいて言いました。

「私は家へ帰るの。まだ、建てたばかりだけれど」

「遠いのかい？」

少女はわずかに首をふって、心配ない、と言うように微笑してみせました。

ボートは、うすい霧のかかっている、暗い木々でおおわれたトンネルにさしかかりました。

「夏なのに寒いところだね」

「夏なの？　でも寒いのはこのあたりだけよ」

「……君《きみ》、夏なのってどうして尋《き》くんだい？」

少女は後ろを向いて、ボートが正しい方向をとっているか確かめました。そして、こちらを向いて、また黙って微笑しました。

木々のトンネルを抜けると、晴れた空が見えました。

一方の岸は林の続きですが、もう一方は低い丘になっていて、その中腹に石造りの白い家がありました。

ボートは、その白い家のある丘の前に止められました。

「あそこが君の家なんだね」

少女はうなづくと、ボートを岸へ引き上げはじめました。少年もいそいで手伝いました。

「素敵なボートだね」

「そう？　私が作ったの。あの家もそうよ」

「君が？　ほんとう？」

少女は半分眼を閉じて、少し乱暴にうなづきました。

「……そうだね、女の子だって作れるさ」

「ええ、誰でも作れるのよ」

ふたりはひなげしにおおわれた丘をのぼり、少女の作った家に入りました。

「お父さんやお母さんはいないの？」

「ここじゃないところにいるわ」

「旅行してるの？」

「いいえ、私が勝手にこっちへ来たのよ」

「じゃ、ひとりでここに住んでるのかい？」

「そう」

「家出？」

「ちがう、ただここに来たかったから来ただけ」

めんどうくさそうにそう言うと、少女は少し疲れたように椅子《いす》に腰かけました。

「あなたにも椅子があるのよ、さっき作ったばかりのが。腰かけてみてよ」

「作ったばかり？　君って、何でも作れるんだねえ」

「ええ、でも誰だって作れるわ。その椅子、あなたに合わせたつもりなんだけれど、どう？」

「ぴったりだよ……僕に合わせたって!?　だって僕のことどうしてわかったのさ」

少女はそれを聞いて、くすぐったそうに笑いました。

「お母さんがね、ずっと前、あなたのことを話してくれたことがあるの。今日はなんとなくあなたが来るなって思ったから、それで用意しといたのよ」

「でも、君のお母さんは……」

「お母さんはあなたのおばさんにあたるの。いとこ同士なのよ、私たちは」

そのとき、何かが窓を強くたたいたので、ふたりとも、はっとして外を見ました。

でも、それはただの風のしわざでした。

「一日に一度はあんな強い風が吹くわ」

少女はひとり言のようにそう言いました。

それから、ふたりはお昼のお茶を飲んで、午後はボートで遊ぶことにしました。こんどはボートをこぐのは少年の方です。

「僕、思うんだけど、あの家、丘のいちばん高いところに建てたらよかったのに。そうしたらきっと見はらしがよかったよ」

「ええ、最初はそうしようと思ったの。でも、何でもすぐ見えてしまうより、散歩しているうちにだんだん見えてくる方がいいと思ったの」

「それにしても、そうしようったって、いくら君でも出来ないだろ?」

「いえ、ちょっと描《か》き直せば……ね、もうちょっと向こうへ行ってみない？」

「え？……うん、それより、あの丘の上から向こうの方を見てみたいな」

「あの辺、うまくいってないんだけどな」

「うまくいってないって？」

「いいわ、じゃ、行ってみましょう」

ふたりはさっそくボートを降りて、その丘をのぼって行きました。

「あれ、変な花が咲いてる」

「そんな花が欲しかったの」

「でも見たことない」

「欲しかったから、そこに咲いているのよ」

「ふうん……わからないなあ、君の言ってること」

「そうかしら、簡単な事なんだけど。ほら、もうそこがてっぺんよ」

「ああ、草原だ、広いなあ、遠くに山が見える。雪がまだ消えてない。万年雪だね。でも、この草原、なんだか海みたい……」

「ええ……最初は海だったの。だけどうまく行かなかったから、草原に変えちゃったの。だって、海、見たことないんだもの。あなたは見たことある？」

「うん、僕の住んでいるところにはないけど、行ったことはあるよ」

「そう、じゃ、この紙に海の絵描いて」

「描いてどうするの？」

「いいから、ほら、クレヨンがここにあるから」

「へえ、君っていつも紙やクレヨンをポケットに入れてるのかい？」

「そう、だって欲しい時にはいつだって便利だもの」

「ふうん……じゃ、描くよ」

少年が、いっしょうけんめい思い出しながら海を描いているのをじっとみつめながら、少女はそっと言いました。

「私のお母さん頼むわね。私、家を出ちゃったから、きっと……」

「うん、だけど、どうして知ってるの？　僕が……」

「ええ、知ってるわ。とにかく今、私たちふたりとも親がいないってわけね」

少年は黙って緑色のクレヨンをつかみ、ちょっとためらい気味に動かしました。

「これでいいかなあ……どう？」

「ああ、いいわ、とっても。これで毎日、海が見られる。それにあたたかい風も吹いているし。もうきっと、あんな乱暴な風は吹かないわ」

「あたたかい風？」

「そう、あなたが海といっしょに描いてくれたわ」

ふたりが草原を見ているうちに、やがて、太陽がかげって来ました。

「霧が出て来た、急に……」

「もう今日はお別れしましょう」

「でも、まだ……」

「ぐずぐずしていると帰れなくなってしまうわ。さ、早くボートのところへ行きましょう」

ふたりは急いで丘をかけおり、ボートに乗りました。

でも、川はすっかり霧につつまれています。

「僕がこぐよ」

「いいえ、私の方が慣れてるから」

「冬みたいに寒いね」

「この毛布かけて」

「用意がいいんだな。でも、君は大丈夫？」

「なんともないの。それより、急がないと」

ボートは全速力で走ります。

「何にも見えないや。君の顔も見えない。よくまっすぐこげるね」

でも少女は答えません。かいの音だけがしています。

「なんだか、来たときより長くかかる感じだね」

やっぱり何も返事はなく、かいの音だけがしています。少年は、ふと心配になって少女の方へ近よろうとしたとき、突然、明るい日射しの中へ出ました。そこは、さっき林から抜け出た場所です。

「やっと出られたね。あ、君どうしたの？」

「とても眠いの。じゃ、お元気でね」

「眠いって？　送らなくて大丈夫？」

でも、少年がおりてしまうと、ボートはすぐにひき返して行きました。

かいの音が、ゆっくり消えてゆきます。

＊

「おばさん、女の子いるでしょう」

「え？　ええ、どうして」

「その子、家出したの？」

「そう、遠い所へ……小さい頃から弱い子だったの。おととし、ちょっとした病気がだんだん悪くなってしまってね」

それから長いこと、少年とおばさんは何も言いませんでした。

「あの子はベッドの中で絵ばかり描いていたわ」

「おばさん、その絵、見せてくれませんか？」

「ええ、二階のいちばんむこうの部屋にありますよ。鍵《かぎ》はそのひき出しの中に」

「どうして鍵を？」

おばさんは、もうほとんど暗くなった空を見やりました。

「今日はひさしぶりにあの子のことを思い出したわ。でも、それはあなたが来るからだったのね」

少年はその部屋を開けました。

すると、机の上に絵がかかっているのが、夕べのかすかな光の中に見えました。クレヨンでていねいに描いた丘と、白い家と、丘のうしろにみえる草原と白い山、そして、草原の広がってゆく彼方《かなた》には、少年の描いたあの海がぼんやり見えました。

光る海

ぶらんこがゆれます。
〝ゆあん
――よおん〟
明夫《あきお》の家の近くには、さくら公園という小さな公園があります。
天気の良い午後には、学校帰りの子どもたちが必ず寄って行きます。
明夫はそれまで自由にさくら公園を使えます。
明夫はまだ学校には行ってませんでしたから。
〝ゆあん
――よおん〟
明夫はぶらんこに乗ります。
秋の空も、

〝ゆあん
――よおん〟

と、ゆれます。

今朝がたはとても寒かったのに、日が高くなるにつれて、どんどん暖かくなって行きます。

明夫は耳をぼわぼわ言わせながら風を切ります。

〝ゆあん
――よおん〟

やがて、ぶらんこのゆれが大きくなるにつれて、目の前の景色が、ずっと下に下がって、むこうの景色が見えはじめます。

もっと高くゆらすと、もっとむこうの景色が見えるでしょう。

〝ゆあん
――よおん〟

ああ、見えました。

遠くの山の頂が、ちらっと現われます。

明夫は自分でもこわくなってしまうほど思いきって高く上がってみます。

すると、遠くの青い山並の広がっているのが、さっと見えて来ます。

そうして、明夫はほんとうに空に落っこちそうな気がして、それ以上高く上がるのはやめます。

〝ゆあん
――よおん〟

おや……

明夫はゆれを鎮《しず》めながら、となりを見ました。

いつの間にか、知らない女の子が、となりのぶらんこにこしかけているのです。

なんだかその子は、さっきから明夫を見ていた様子《ようす》です。

「見える?」

その小さな女の子は、突然言いました。

「……?」

何だろう、と、明夫はぶらんこを止めて、その女の子を見つめました。

「何?」

「海」

女の子は笑いもせずに、まじめな顔で明夫を見ながら、そう言いました。

明夫は笑いました。

「海なんか、ずっと遠いもの。この町からは見えないよ」

「……だって、あんなに高く上がったから」

女の子は、やはりまじめに言いました。

明夫も笑わずに言いました。

「ほんとに見えないよ。きみ、やってごらんよ」

「いや、こわいから」

女の子は、でも、なんだかやってみたそうにそう言いました。

そうして、空を見上げました。

「なんだか、あそこに落っこちそうな気がするんだもの」

「うん……」

明夫もさっきそう思いました。

「なんだか、夏よりずっと深くなっちゃったような気がするんだもの」

「え、何が?」

「空」

女の子がそう言うと、明夫は、黙ってまた、ぶらんこをこぎ始めました。

すると、女の子が思いついたように言いました。

「海、見てくれない？」

「え？」

「私、見られないから、かわりに見てくれない？」

「え、だめだよ。ぼく、空でひっくり返っちゃうくらいこいでも見られやしないよ」

「……ふうん」

女の子は、遠くを見るように溜息《ためいき》をつきました。

「どうして海見たいの？」

「私、海のあるところから引っこしてきたから」

「あ、ふうん。引っこして来たばっかり？」

「うん」

〝ゆあん
――よおん〟

明夫は、おかしな子だなあ、と、なんとなく思いながら、また高く高くぶらんこをこいで行きました。

〝ゆあん

――よおん〟

家の屋根が足の下になり、
空も、

〝ゆあん
――よおん〟

と、ゆれます。

遠くの景色が、ひとゆれごとにせり上がってきます。

あ……

そのとき、明夫は、はっとして、くさりを握っていた手に力を入れました。

いちばん遠くに見えたのは、いつもの山並ではなくて、昼の光を受けて光っている青い海だったからです。

その景色は、さっと、また家の屋根のうしろにかくれました。

明夫はおどろいて、もう一度いきおいよくはね上がってみました。

おや……

すると、今度見えたのは、いつも見なれたあの青い山並なのです。

何度こいでも、もうさっきの光る海は、二度と見えませんでした。

（おかしいなあ……）
明夫は、ゆっくりぶらんこを止めると、板にぺたんとこしをおろしました。
女の子は、ぼんやり向こうを向いて、小さくぶらんこをこいでいます。
「あのね、今……」
明夫は言いました。
「うん？」
女の子はふり返りました。
でも、明夫はそのまま黙って、またぶらんこをこぎました。
（ほんとに、海、見えたのかなあ……）
〝ゆあん
――よおん〟
明夫とその子は、黙ってぶらんこをこぎました。
〝ゆあん
――よおん〟
二人のぶらんこは、たがいに反対へ、あっちへ行ったり、こっちへ行ったりしました。
それからやがて、いっしょに行ったり来たりしました。

魔法びん

ふみ子の家の食卓には、いつも、もう型の古くなってしまった小さなポットがあります。それはふたをぎゅっとねじってしめるものなので、少しでもふたがきっちりしまっていないと、中のお湯の蒸気が、ふたのところでかすかにジジジ……と妙な音をたてるのです。するとと家の人は、おや何だろうと耳をすますのです。そうしていつも〝ああまたあのポットか〟と思うのでした。

ある日、ふみ子がひとりで留守番をしていたときのことです。そろそろお昼になりかけたころ、食卓の上のそのポットが、いつものようにジジジ……と小さく鳴り始めました。

ふみ子は立ち上がって、またしっかりふたをしめようとポットに手をかけようとしたのです。

するとどうもその音は、今日にかぎって少し変なのに気づいたのでした。

なんだか、小さなつぶやき声のようなのです。かすかに何か言葉をささやいているのです。

……もしもし　ふみ子さん……

（あら……わたしの名前を呼んでいるみたい……）

ふみ子は、おかしいなあ、と思いながらもついつい
「何ですか？」

とポットに言ってしまいました。

するとポットは言いました。

……ふみ子さん　こんにちは……

「……こんにちは……」

ふみ子は戸惑って返事をしました。そうして（こんにちは　ポットさん）とでも言った方がいいのかしらん、などとおかしなことを思っていると、ポットはまた小さくつぶやきました。

……ふみ子さん　私はずっと前から呼んでいたのに、なかなか聞こえなかったみたいですねえ……

「……ふうん？　ずっと前から？」

……そうですよ　あきおくんを呼んだ時には、あきおくん、すぐに返事をしてくれましたよ……

あきおは　ふみ子の小学生の弟です。

「ふうん……あきお、そんなこと、ひとことも知らせてくれなかった」

……ずうっと　ずうっと　前でしたからねえ……

ポットはゆっくりとそう言いました。

ふみ子はいつの間にか、あたり前みたいにポットと話していました。

「でもポットさん――こう呼んでいいのかな――わたし　ずっとジジとしか聞こえなかったの」

……ああ　そうですか……ところで私は自分でもいったい自分がポットなのかどうかわからないのですよ……

「ふうん　じゃ　魔法でそうなっているの？」

……いいえ　もしそうなら私はほんとに〝魔法びん〟ですねえ……

「ええ　そうねえ」

でもふみ子は、話をするんだから　やっぱり〝魔法びん〟だわ、と思いました。

「それじゃ　いったい何かしら…」

……さあ……私は何だか、以前、空の中にいたような気がするんです……

「空に？」

……ええ　それとも海にいたような気もするんです……

「ふうん……それきっと　あなたの中に水が入っているからだわ」

……ああ　なるほど……すると、この水は昔、空の雲になって浮いていたのかも知れませんね……

ポットは　しばらく、意味のないつぶやきをしました。

……ふみ子さん　ふみ子さん……

「はい　何ですか？」

……やあ　まだ　聞こえていますね……今日は　ふみ子さんにいいものを見せてあげましょう……

「ふうん……？」

……ほら　ふみ子さん……ちょっと窓の外を見てごらんなさい……

「ええ……」

ふみ子は窓に寄って外を見ました。そこには晴れた暖かな日差しが辺りいっぱいに落ちています。もう夏の終わりかけた　木々の葉が、青く輝いてゆれています。

……ふみ子さん　見えましたか？……

「……え？　何かしら……」

ふみ子は　とまどって、辺りを見回しました。

……空をごらんなさい……

そう言われて、ふみ子は空を見上げました。

雲ひとつありません。

でも……おや……

ふみ子はその青く深い空の中にみつけたのです。

ぼんやりと淡い虹がそこにかかっていたのです。

（雨もふらないのに　虹が……）

すると、いつのまにか、ポットのつぶやきが消えていました。

部屋の中が急にしんとして、ふみ子は思わずふり返りました。

そうして　もう一度空に目を戻すと、虹もいつのまにか消えていました。

＊

その古いポットは、あいかわらず、ひょんな時にジジジジと鳴り出しました。けれどポットは、もう二度とふみ子にささやきかけることはありませんでした。ふみ子はときどきじっと耳をかたむけるのですが……

それともそれは、ふみ子の方が少し大きくなってしまって、もうそのつぶやきをききとることができなくなったのかもしれません。

広場に来た人

それは小さな町でしたので、町の大きな広場にやって来たその老人のうわさは、まだ日が昇ったばかりだというのに、その町中にすっかり知れ渡ったのでした。

「なんでも昨夜のことらしいのさ、やって来たのは。と言うのも昨日の夕方には誰も広場でその老人を見なかったんだからね」

「いや、それなら今日の夜明け前に来たっていうこともありえるねえ」

「うん、そうかも知れない。しかしね、あなた、昨日の夜は静かに雪が降ったでしょう。ほら、こんなにふうわりと積もっている。それなのに老人のいるまわりには　老人の足あとがひとつもついていないんだよ」

「するとやって来たのはやはり雪の降る前なんだねえ。でもその老人、ずっとそのまま夜中じゅう広場にこしかけていたんですか？」

「ええ　ええ　どうもそうらしいのですよ。今もこしかけているらしいのです」

「まさか　凍ってしまったのではありませんか?」

「いやいや　それが今もずっと目を開いて空をみつめているらしいのです」

「ほう、何をしているのでしょう」

「おそらく、こいでいるんでしょうなあ」

「え?　こいでいる?　何をです?　あなた」

「おや、私、あなたに言いませんでしたか。失礼しました。その老人は昨夜からずうっとぶらんこにこしかけているのですよ」

「ほう、ぶらんこ……しかし広場にぶらんこはなかったはずですがねえ」

「そう、ありませんでした。老人が持って来たらしいのです」

「ふうん?　あんな重たい台のついたものを老人がたったひとりで持って来たのですか?」

「いやいや、台はついていないのです」

「ほう、すると　どこにひっかけているんです、ぶらんこのつなを」

「いえ　どこにも　ひっかけていないのです」

「おや、すると?　やはり地面の上にこしかけているのですか?」

「いいえ、ちゃんとぶらんこにのっているんです」

「ほう、ふうん？　どういうことです？」

「つまり……おや、私たち、もう広場に来てしまいましたね。百聞は一見に如《し》かず、ごらんなさい」

そんなふうにして、町中の人々が、町の真中にある　その小さな広場にやって来ました。

すると確かに　くすんだ青い服を着た老人が　ぶらんこにこしかけているのです。

老人の顔はすっかり赤銅色に日にやけて一度も切ったことのないような白いひげがのびていました。

けれども町の人々は　老人よりもそのブランコに驚いて　空を見上げました。

と言うのも、そのぶらんこのつなは、空の奥へ奥へと涯しなく長く長くのびているのです（ほんとうに端が見えないのです）。

「ああ……あ……」

町の人々は空をあおいだまま口をぽかんと開けて驚いて、感心しました。

そうして町の人々は　まるで申し合わせたように　ぐるりと老人のまわりをとりかこみ、誰ひとりとして　その老人に近づいていく者がありませんでした。

「誰か　あの老人に、いったい誰なのか、どこから来たのか　尋《き》いてみたらどうでしょう」

「そうですね。だれか尋いてみるといいですね」

「そうですよ。だれかそうすべきです」

「そうですわ。だれか尋かなければ　だれもわかりませんものね」

そんなことを言い合うばかりで、だれも老人に近づく者はおりませんでした。

なんだかみんな、その老人が不思議でもあり、それでなんとなく普通でないようでこわくもありました。

「何をしに来たんでしょうね」

「そうですな、悪いこととは思えませんね。なにしろ〝ぶらんこ〟ですから」

「そうですね。しかしかくべつ良いこととも思えませんね。なにしろ〝ぶらんこ〟ですから」

そんなことを言い合いました。

「サーカスか何かでしょうかねえ」

「それにしてはちっともそれらしい服装ではありませんねえ。だいいち、あんなに歳をとっていては何もできないでしょう」

「では　何でしょうねえ」

「何かではあるんでしょうねえ」

「どうなんでしょうか、さっきからああしてぼんやりこいでいるだけですからねえ」

「おや……いま何か言いませんでしたか、あの老人」

「え？　そうですか？　風の音ではないんですか？」

「しーっ　ほら……」

「しーっ」

みんないっせいに静かになりました。

そうしてみんな老人の方に耳をかたむけました。

かすかに風のような音がします。

いつまでも同じ音です。

「……ただ息をしているだけではないんですか？」

「……ふうん　どうもそうらしいですねえ」

なあんだ、というふうに　みんなは顔を見合わせました。

すると群衆の一角がざわざわとしてそのうしろから声がしました。

「町長さんだ」

「町長さんが来た」

「やあ　やっと来ましたね」

「これで　あの老人がだれだかわかるというものだ」

町の人たちは町長さんこそ　この老人に何でも尋ねるのに　うってつけの人だと思いました。何しろみんなの代表ですから。

そこで人々はいっせいに町長のために道を開けました。

町長は町の人たちに道をゆずられて　人々の前に出ました。

そうして空の中に消えゆくぶらんこのつなをあおいで、さっきみんなが驚いたと同じように驚いて、同じように感心して、同じようになんだか不気味に思いました。

町長はめがねをしっかりはめ直すと　新しい雪をきしきしとふみながらゆっくりと老人の方へ近づいて行きました。

「もし……もし……」

町長はしばらくはなれたところで立ち止まり　呼びかけました。

「もし……もし……ご老人……聞こえますか」

ところが老人は　あいかわらず　あらぬ方をみつめて　ぼんやりぶらんこをゆすっているのでした。

町長はもう一歩近づいて尋いてみました。

「もし……あなたはどなたですか」

老人はやはり前と同じです。

「もし……ここで何をなさっているのです」

町長はまた一歩近づいてみました。

でも老人はあいかわらず空のかなたをみつめてぶらんこをゆすっているのでした。

町長はまた一歩近づいてみました。

「もし……私の声が聞こえませんか……私が見えますか?」

町長はまた一歩近づきました。

けれども老人はあいかわらずです。

町長はしかたなくもう一歩近づきましたが、もうそれで老人と目と鼻の先のところに来てしまいました。

「もし……もし……」

町長は　どうしようかなというふうに　ぶらんこのつなに手をかけようとしました。

するとそのとき老人は　ふと右手をゆっくりと肩のところへ上げました。

町の人々は思わず「おお」と声を上げてしまいました。

町長はただもうびっくりしてしまって　あわててみんなのところへ駆け戻ってしまいました。

「ああ　町長さん、何かわかりましたか」

「ああ　うん　いや……」

「やはりサーカスの方ですの？」

「うむ　いや……」

「悪いたくらみがあるのでしょうか」

「いや　うん　それはなさそうな……」

「何をしに来たんでしょう」

「ああ　うむ　いや……」

「私たち、今まで通り生活していて　だいじょうぶですか」

「ああ　うん。それはそうだろうね」

「それなら　よかった」

なんだかそれでみんな安心して、また老人の方を見やりましたが、老人は右手を上げたまま　いつのまにかみんなをじっと見ているのでした。

すると　町の人々は　なんということもなくそっとあとじさりして、一人二人と帰って行きました。

老人はまるで「さようなら」と言っているみたいに手を上げたっきりでした。

四人五人十人と人々はだんだん減って行き、とうとう広場には誰もいなくなりました。

それでも老人は右手を上げたままでした。

と、その時、誰もいなくなったようにみえた広場のすみの栗《くり》の木のうしろから一人の小さな男の子が顔を出しました。

男の子は、しばらく老人をみつめていましたが　やがておそるおそる栗の木のかげからそっと出てきました。

そうして　ぬき足さし足、老人の方へゆっくり近づいて行きました。

老人はまた空のかなたのあらぬ方をみつめていました。

男の子は不思議そうに空の奥へ消えてゆくぶらんこのつなを見上げたり、わざと老人に気付くように雪をとんとんとふみならしてみたりしながら、おそるおそる近づいて行ったのでした。

ところが老人はその子に気付かないのか、やはり空をみつめているだけなのでした。

男の子が老人のほんのすぐそばまでやって来たとき、ようやく老人はぶらんこにゆられながら、ゆっくり男の子の方を見やりました。

男の子は　はっとして足を止めました。

そうして、逃げようかというふうに一、二歩　あとじさりしましたが、目は老人をみつめたままでした。

するとそのとき　男の子は不思議となんだかこわいような気持ちがなくなって、にっこりと笑ってしまったのです。

老人のぶらんこは　いつのまにかすっかり止まっていました。

男の子は、また少し心配そうに、もう一歩老人に近づきました。

「……おじいさん、お腹空いてないの？」

老人は男の子をみつめたまま何も言いませんでした。

男の子は　ポケットから半分になったビスケットをとり出しました。

「……これ……」

男の子がそれを差し出すと、老人は今まで上げていた右手をほんの少し下におろしました。

男の子は　老人が受け取れるように　もっと近づかなくてはなりませんでした。

手のとどくくらい男の子が近づくと、老人は男の子をみつめたまま　右手をゆっくりと男の子の頭の上にのせました。

そしてまた空を見上げて、ぼんやりと両手をひざの上にのせました。

男の子はなおも　ビスケットを差し出していましたが、老人がいつまでたっても受けとらないので、そのままそれを老人の手の甲の上にそっと置きました。

「……ここに置いとくからね」

老人はあいかわらず空の奥をぼんやりみるだけでした。

男の子は
「……じゃ……さようなら」

と言って　老人のそばを離れました。

ふりかえりふりかえり　男の子が行ってしまい、やがて広場から見えなくなると、老人のぶらんこは、またいつのまにかゆっくりと小さくゆれていました。


太陽が沈み、また（太陽が）昇りました。

「ぶらんこの老人はどうしたろう」

「昨日の通りらしいですよ」

町中の人々がそんなあいさつをかわしました。

そして通りすがりに広場を遠回りに横切って、その老人を眺めるだけで、昨日のようにものめずらしくとりまいたりするようなことはありませんでした。

とにかく悪いことはしないようだ、と　町の人たちはひとまず安心しました。

老人のぶらんこは昨日のように小さくゆっくりとゆれていました。

（空の奥でぶらんこのつながかすかにひゅうひゅうなっていました。人々はそれを不気味そうに見上げ）

やがて広場にはまた誰もいなくなりました。

でもいつのまにか昨日の男の子がやはり栗の木の下にやって来ていました。

男の子が栗の木のうしろから顔を出すと、その下から女の子が顔を出しました。

「ほら、ね、やっぱり　いたね」

「うん、いたね」

男の子が先に立って、そろそろと老人に近づきました。

でも昨日みたいに用心深くはありません。

女の子は男の子のうしろから用心深くついて来ます。

二人の子が近づくと、老人はゆっくりとその子たちに顔を向けました。

男の子がにっこり笑うと、女の子もつられてにっこり笑いました。

老人は二人をみつめて、手まねきするように右手をちょっとゆらしました。

そうして二人がそばに来ると、また昨日と同じように二人の頭にちょっと手をのせ、そしてまたゆっくりと両手をひざの上に置きました。

「……おじいさん、きのうのビスケット食べた？」

老人は黙っていましたが、男の子はなんだか老人がかすかにうなづいたように思えたので
「……じゃ　よかったね」

と言ってにっこりしました。

それから男の子は　ポケットに手を入れました。

「おじいさん、今日はきのうよりたくさんビスケット　持ってきたよ」

そう言うと、男の子は　半分ではなくて　まだかじっていないビスケットをひとつ老人にさし出しました。

「……わたしもあげるの持って来たの」

そう言って、今度は女の子も大きなりんごを老人に差し出しました。

でも老人は　ただ二人をみつめるばかりでやはり受けとろうとはしないのでした。

そこで二人は　老人のひざの上に　ビスケットとりんごを置きました。

「……じゃ　さよなら　おじいさん」

そうして二人は　手をふって広場をはなれました。

なんども太陽は沈み、また昇りました。

いつの間にか老人のところへやって来る子供たちがさらに一人ふえ、二人ふえてくるのでした。

そうしてみんな何かしら食べるものを持って来ては、老人のひざの上にそっとのせてやるのでした。

老人の方はただ黙って、それを受け取るでもなく、みんなの頭の上に手をのっけるだけでした。

それでも老人のところへやって来る子供たちは、また一人ふえ、二人ふえて行きました。

老人は毎日毎日　あいかわらずぼんやり空をみつめ、ぶらんこにゆられていました。


太陽は沈み、また昇りました。

「こんにちは」

「こんにちは　良いお天気ですね」

「ええ　これなら雪も少しとけますねえ」

いつのまにか　町の人たちはあの老人のことを話すことがなくなっていました。

そうしてたまたまうっかりした拍子に　老人のことが話に出ると、そこにいた人々は、だれもみな（おや　そういえばそんな人がいたな）と思うのでした。

ところがある日のことです。

町の人々は何人かが、おやと広場のところで立ち止まったのでした。

みなは老人の方をみました。

それは老人の背中やひざの上に小さな子供たちがのって遊んでいるのでした。

老人だけはいつものように空の奥をぼんやり見つめています。

人々は　そのときはじめて、いつのまにか子供たちが老人と遊ぶようになっているのに気付いたのでした。

そうして　空の奥へ消えてゆく　ぶらんこのつなをあおいで、心配そうに顔を見合わせました。つなは空の奥でひゅうひゅう低くうなっていました。


「どうして行ってはいけないの？」

次の日　男の子はお母さんにききました。

「きのう　みんなのお父さんが話し合って決めたんですよ。だからね、いけません」

お母さんはまゆをひそめて言いました。

男の子はけげんそうにまた言いました。

「どうして　あのおじいさんのところへ行ってはだめなの？」

「あのおじいさんは浮浪者ですからね。ただ人のものをもらっているばかりでしょう」

「ふうん、どうしていけないの？」

「それにね、あのおじいさんはもしかしたら人さらいかも知れませんからね。もともとふらっとやって来たんだから、またふらっとぶらんこにだれかをのせたまま行ってしまうかもしれないでしょう」

「ふうん、あのおじいさん　悪い人なの？」

「ええ、あのおじいさんは今のところ悪いこともしていないけれど、良いこともしていないでしょう。よいこともしないということは、もしかしたら悪いことだってするかもしれませんよ」

「ふうん、でもどうして行ってはいけないの？」

男の子はやはりけげんそうに言いました。

お母さんはめんどくさそうにまゆをひそめて言いました。

「お父さんたちみんなで決めたからです」

そうしてとうとう玄関のかぎを閉めてしまいました。

けれども男の子はあとでそっと窓から外へ出て行きました。

老人はまた一人でぶらんこにゆられていました。

そうしてやはり前と同じように空をぼんやりみつめていました。

太陽が沈み、夜になりました。

風が出て来ました。

そうして雪もやって来ました。

その夜は今年はじめての吹雪になったのでした。

強い風が（雪をこまかくちぎって）こまかくちぎれた雪を町中の家にはりつけました。

子供たちは心配そうに窓の外をのぞきました。

あの女の子も眠られずに　ベッドを抜け出して窓のカーテンを開けました。

でもやはり外は雪で何も見えません。

女の子はなんどもベッドに入ったり窓をのぞいたりしました。

そしてとうとうそっと部屋を出ると、階段を下りて、玄関の戸を開けてみました。すると、どうしたことか、吹雪も風もいつの間にかすっかり止んでいるのでした。

雪をかきわけて門のところまで出てみると、雲はすっかり吹き飛ばされて、その夜空の中を何やらほんのり輝きながら昇って行くものが見えるのでした。

女の子は目をこらしました。
それはぶらんこにのった　あの老人と男の子なのでした。
女の子は胸をどきどきさせながら、それがやがてとうとう見えなくなってしまっても、
じっと立ちつくしたまま、空を見上げていました。

あくる朝のことです。

男の子はいつの間にか自分のベッドの中で目をさましたのでした。

そうしていつものように外に遊びに出ると、女の子が驚いて男の子をみつめました。

男の子はけげんそうに言いました。

「どうしたの？」

「……あのおじいさんと空へ行ってしまったのかと思ったの……」

「ふうん……おじいさん？」

男の子は何も覚えていないのでした。

町の人たちも、だれも老人のことを覚えていないのでした。

女の子だけが、不思議そうに空を見上げました。

老人は、それからもう二度と空から降りては来ませんでした。

ふき採り

学校から帰ると、さっそくすることがありました。

「なるべく太いのをね」とお母さんにたのまれて、サヨコは、太いふき、太いふき、と念仏みたいに心の中でつぶやきながら、裏山の笹《ささ》やぶをかきわけて行きました。

けれども、山のふもとにあるふきは、いつのまにか、もうだれかに採《と》られていて、残っているのは細いふきばかりです。

もう少しのぼらないとだめかなあ、とサヨコは思いました。

とは言っても、あんまり山の奥まで入りたくはありません。それで、あいかわらずそのへんをあちこちさがしていると、どこかすぐ近くで、パチパチパチパチと、たくさんの拍手が聞こえてきました。

こんなところでお花見でもやっているのかしら、とサヨコはあたりの樹々を見まわしてみましたが、どこにもさくらなど咲いていません。

しばらくすると、また、パチパチパチと音がするので、なんとなく音のする方へ行ってみました。

すると、もうほとんど散ってしまった辛夷《こぶし》の木が見えて来ました。辛夷のお花見かしら、とサヨコは思いました。すると、その辛夷の木の下に、たくさんの小ぎつねが、着物を着て行儀《ぎょうぎ》よく坐っているのでした。そして、小さな小ぎつねが、「まだかなあ」「なかなかだねえ」と話したり、少し大きな小ぎつねが、「ははは」と笑ったりしているのです。

それがあんまりおかしいので、サヨコは、栗《くり》の木のかげにかくれて、じっと見ていました。みんな何を待っているんだろう、とサヨコも同じような気持になって待っていると、突然、辛夷の木のかげで、えへん、えへんと、せきばらいが聞こえました。

とたんに、みんな静かになりました。

木のうしろから、茶色の背広を着た男の人が出て来て、木の幹に小さな黒板をかけました。また拍手が起こって、その男の人は手品師のようにペコリとおじぎしました。

顔を見ると、その人は、サヨコの担任の先生なのでした。

先生は、大きな声で言いました。

「みなさん、まず、算数をします」

小ぎつねたちは、パチパチパチと拍手をしました。

それから、先生は黒板に、たんぽぽとらくだの絵を描きました。

「〝たんぽぽ〟と〝らくだ〟をたすと、なんになりますか？」

いっせいに手が上がりました。

先生は、ずうっとみんなを見回して、そばの栗の木のかげにかくれていたサヨコをみつけて、言いました。

「はい、サヨコさん、答えて下さい」

サヨコが、もじもじして、栗の木のうしろから姿を出すと、小さな小ぎつねたちが、

「誰だろ」「何て言うんだろ」とささやき出したので、少し大きな小ぎつねたちが、

「しーっ」と、それを黙らせました。

「…………」

サヨコが何も答えられずにいると、一匹の金色の小ぎつねが立ち上がって、大声で言いました。

「先生、それは〝雲〟だな」

「そのとおりです。でも、いまの問題は、よく考えればサヨコさんだって、ちゃんとわかったのでしょう。では、サヨコさんも、ここに坐って下さい」

すると、小ぎつねたちがまた、パチパチパチパチと手をたたくので、サヨコは赤くなって、

みんなのうしろに坐りました。そして、サヨコはそのとき、みんなのまわりに、小さなげたやぞうりがきちんと並んでいるのに気付きました。

「サヨコさん、そこには何も敷《し》いてありませんよ。こっちへ来て下さい」

そう言って、先生が手招きをするので、サヨコがしかたなく前の方へ行くと、いちばん前の地面の上には、ちゃんと座ぶとんのように、辛夷の花びらが敷いてあるのでした。

サヨコはくつをぬいで、その花びらの上に坐りました。するとそこは冷たくて、つんと甘い匂いがしました。

「では、次の問題です。これは、むずかしいです」先生は、しばらく考えてから言いました。「3に2をたすと、いくつになりますか?」

だれも手を上げません。

先生は、ちらとサヨコの方を見て言いました。

「それでは、今度はサヨコさんに答えてもらいましょう。サヨコさん、立って答えて下さい」

みんな、しんとしてサヨコをみつめました。

「5です」サヨコが答えました。

すると、いっせいにみんな、パチパチパチパチと拍手をしたので、先生もうれしそうににっこり笑って、何度もうなづきました。サヨコも、なんだかとてもうれしくなりました。

「とてもよかったです。では、次は国語をやります」

また、みんな拍手をしました。サヨコもつられて手をたたきました。

「これから紙とえんぴつをくばりますから、みんな何か書いて下さい」

そして、先生はひとりひとりに、紙とえんぴつをくばりました。

見ていると、どの小ぎつねも、えんぴつのしんを舌でなめてから書くのでした。先生もそうやって書きはじめられました。なんだか古めかしいことをするなあ、とサヨコは思いました。サヨコがやっと一行書いたところで、もう先生は立ち上がって、「やめー」と言いました。

「うしろの人は、紙とえんぴつを集めて来て下さい」

みんなの作文が集まると、先生はえんぴつを大切に上着の内ポケットにしまいました。

そして、作文の束を両手で高くかかげて言いました。

「この中から一等の人には賞品をあげます」

すると、みんな、わあーっと拍手をしました。そこで先生は、目をつぶって、作文の束の中から一枚抜き出しました。

「これが一等賞です」

みんな、「誰だろ」「誰だろ」とささやき合っています。先生は、にこにこしてみんなをみまわしました。

「一等賞、サヨコさん！」

いっせいに、パチパチパチと手がたたかれました。サヨコも笑って、手をたたきました。

「先生、賞品はなあに？」

と、赤い着物を着た小ぎつねが、自分のことのように、うれしそうに笑って言いました。

「それでは何がいいか、サヨコさんにきいてみましょう」

先生がそう言うと、サヨコはすぐ答えました。

「先生、さっきのえんぴつをみんなに一本ずつ下さい」

すると、みんなまた、わあっと手をたたきました。

「では、サヨコさんの作文を読みます」

先生は三度も四度もせきばらいをしたので、みんな、しーんと静かになりました。それから、先生は賞状を持つようにして、作文を読みはじめました。

「『きょうわたしはふきをとりにきました』」

先生は、またせきばらいをしました。

みんなは、その先を聞こうと静かにしていましたが、いつまでたっても先生が何も言われないので、やっとこれでおしまいなのだとわかり、パチパチパチと拍手をしました。

「先生、次の時間はふきを採りに行こ！」

だれかがそう言うと、みんな口々に、「そうだ」「それがいい」と言いました。先生も、「そうだ、そうだ」と賛成したので、みんないっせいに立ち上がると、山の奥の方へかけ出しました。サヨコも、みんなの後に続きましたが、小ぎつねたちは走るのが速くて、すぐに丈《たけ》の高い笹《ささ》やぶのむこうへ見えなくなりました。それでもあちこちで、小ぎつねたちの呼び合う声がするので、サヨコはふきをさがしながら、だんだん奥の方へ進んで行きました。

それから、ふきをさがすのにいっしょうけんめいになっているうちに、いつのまにか、その声も聞こえなくなっていました。その上、いつまでたっても、誰も帰って来ません。おかしいなあ、と思って、さっきの木のところへ帰ってみると、先生も誰もいなくて、幹にかけた黒板もなくなっていました。でも、サヨコの坐っていたこぶしの上には、採ったばかりの太いふきが、かかえるほどいっぱい積まれていました。そこでサヨコは、もうこれで授業はすっかり終わってしまったんだな、と思いました。

翌日、サヨコが学校へ行くと、めずらしく担任の先生は、風邪で休んでおられました。

光る川

桜の花びらが一枚、衿《えり》にくっついていました。

それはきっと、いましがた風に飛ばされていた校庭の桜なのでした。

「しのちゃん……あそこ、気味の悪い雲ね」

五月の空に、大きなつながったレンズ雲が三つ浮かんでいました。

そうしてもっと高い所には、さざ波のような雲が、うすくかかっていました。

「どれ？　あのレンズ雲？」

「ううん、あのレントゲンのような雲よ」

そのレントゲン写真のような高層雲は、強い風にどんどん流されて、位置を変えて行きました。その速さは、じっと見つめていると、まっすぐ立っていられないような気がするのでした。

「……うん、空の背骨みたいね」

「……しのちゃん、これから桜の花、採《と》りに行く?」

「うん、行く。でも、かばんは?」

「うちに置いていきなよ」

「うん」

そこでかばんをさよの家にあずけて、二人は学校の裏山を登って行きました。

「桜の花、採ってどうするの?」

「おばあちゃんがお酒をつくるの」

「ふうん」

そんなことを言っていると、ぽっかり大きな八重桜《やえざくら》の木に出会いました。

ああ、いい桜……でも高いなあ、と、花を見上げるばかりで、採ることはできません。

八重桜の枝は、風にふわふわ揺れていました。


昨晩、しのは夜中に窓の明かりで眼を覚《さ》ましました。

カーテンを開けてみると、雲ひとつない空に、いびつなまるい月が、粉《こ》をふいたように光っているのでした。辺りの屋根屋根は、乾いた魚が横たわるみたいに、その光を鈍《にぶ》く反射していました。草も木も、動かない煙のようです。

そのとき、ふと、空の真中で何かはじけるものがありました。

そうして、光が三つ四つ、放射状に短く消えて行きました。

花火かしら、と思いました。

でもその音は遠いせいか窓を閉めているせいか、何も聞こえません。

それからだいぶん待っていたのですが、その花火らしいものは、もう二度と上がりませんでした。誰かが去年の夏の花火を上げたのだろう、と思いました。

やがて、肩がつめたくなっているのを感じて、しのはまたふとんに入りました。

窓には、いつまでも月の冷たいような光が射していました。ふとそのとき、しのは自分が、石か植物ででもあるかのような気がしました。そうして、じっと眼を閉じていると、やがてまた眠りにつきました……

「きのう見たのは、花火だったのかしら……」

しのは思い出して言いました。

「……うん、それ、流星雨《りゅうせいう》かも知れないね」

「ふうん……」

「今ね、彗星が近づいたところなの」

「どうして知っているの?」

「ヨウが星のこと大好きなのよ」

ヨウはさよの弟です。

「ヨウちゃん、毎晩、星見てる？」

「ううん、風邪《かぜ》引いて、熱出してるの」

「ふうん」

「それでも、枕元《まくらもと》に望遠鏡置いて、見るまねをしてるよ」

「ふうん……」


満開の桜が、ぱらぱらと花びらを落としました。

「あ、もうレンズ雲、なくなったね」

「……うん、そうねえ」

日射しもいつのまにか林の中へとどかなくなって、少しつめたい風が吹きました。

ヒヨドリが、するどく啼《な》きながら飛んで行きました。


それからひと月して、しのの家は、お父さんの仕事のために引越しすることになりました。

しのも、別の学校へ転校して行きました。

桜の花はすっかり散って、青々した葉だけが枝に残っていました。


その夜のこと、さよは二つの小さな夢を見ました。

初めの夢は、真昼なのに青い空にはいっぱい星が輝いているのでした。大きな星雲も見えました。

それなのに、弟のヨウは朝寝坊をして、くうくう眠っているのでした。いくらゆり動かしても起きないので、もったいないなあ、と、さよはひとりでその星々を眺めていました。

次の夢は、やはり真昼なのに青空には月がひとつだけこうこうと輝いているのでした。さっきのつづきみたいでしたが、今度はさよは、しのといっしょに丘の上でその月を見ているのでした。

すると、そこへ行商《ぎょうしょう》の魚売りのおじいさんがやって来て、「魚、いらんかい」と言いました。

さよは、どうしようか、と言うふうにしのをみると、しのはもうお金を取り出していて、おじいさんに、「ふたつ下さい」と言いました。

おじいさんは青い魚を二匹ブリキの箱から取り出して、しのに手渡しました。

しのはそれを受けとると、その一匹をさよにくれました。

そうして、しのは、もぐもぐとそのまま魚を頭からかじりました。

さよも、おそるおそるかじってみると、かじる端から魚は青い蒸気になってなくなってしまいました。

しのは笑ってそれを見ていましたが、自分の残りを半分にさくと、またさよにくれました。

さよがもう一度、それを口に持っていった時、さよは眠りから覚めました。

外では、まだ明けきらない朝の光が、風にゆれる窓を、ぼんやり照らしていました。

さよさん
もう桜はすっかり散ってしまいましたか?

こちらは、だんだん日射しが暑くなって、ときどき道端に水蒸気が立ちます。

新しい家は日当りが良くて、学校にも近いのですが、町の中なので庭も小さいし、木もありません。

だから、ときどき自転車で町の外の山や川へ行くの。

でもそこは遠いので、学校から帰ったらすぐというわけにはいかないわ。

学校もやはり町の中にあるの。

学校というのは丘の上にあるものだとばかり思い込んでいたから、なんだかとても変な感じよ。

いつも人や自動車のざわめきが聞こえてきて、静かにしいんとすることがないの。

それに校舎はとても大きくて迷ってしまいそうよ。（いいえ、ほんとうにちょっと迷ったことがある）

じゃあ　さよさん　元気でいて下さい。

しの

しのさんへ
もうこちらは栗《くり》の木も葉をいっぱい出しました。

学校の丘は小鳥たちでいっぱいです。

ふきやたけのこもたくさん採《と》れていますよ。

こないだ山へ登ったとき、測候所のところから、しのの町の方角はあっちかなあ、と思って眺めました。

でも、ずっとずっと遠いからね、見えるわけはありません。

地平線には大きな雲があったから、それなら、しのの町ではその雲の反対側が見えているかも知れない、と思いました。

それとも、もっともっと遠いかしら。

そうそう、きのうの夜、ヨウが星をみていると、大きな流星がしのの町の方へ流れて行ったそうよ。

それならきっと、しのにも見えたね。

山でみつけた野草のおし花、送ります。（だいぶん色あせてしまったけれど）

では　またね　お元気で。

さよ

やがて、夏休みがやって来ました。

しのは、さよのところへ遊びに来ると、いつか約束していたのでした。

停車場でさよが待っていると、しのは大きなかばんをひとつ下げて、バスから降りて来ました。さよは、しのの都会っぽい服装をまぶしいようにみつめました。

二人はその大きなかばんをいっしょに持って、さよの家へ行きました。

二人とも最初なんとなくきまり悪く、あまりうまく言葉がでませんでしたが、家に着くころには、すっかり元の通りうちとけていました。

おふろ場の窓を開けると、たくさんの星々が降るように輝いていました。

星はあとからあとから昇って来ました。

天《あま》の河《がわ》も良く見えました。

「……あそこにあるのは？」

畑の栗の木の真上に、ひときわあかるい星が見えました。

「……あれは木星」

しのは窓わくに湯気《ゆげ》のたつ腕をのせて、身をのり出すように星々を見上げました。

さよもそのとなりに両手でほおづえをつきました。

すると、ずっと遠くの山間《やまあい》から、小さく花火が上がるのが見えました。

それは真暗な空に、しっとりにじみ出たようでした。

遠すぎて、音はまったく聞こえませんでした。

さよもしのもひとつだけ上がったその花火を、おしむように見つめていました。

その夜、しのは夢を見ました。

そこは山間を流れるせせらぎでした。

陽はもうとっくに沈んでしまって、そろそろ星が現われるかと思うころ、しのとさよは、小さな花火を打ち上げるところでした。

シュウシュウと色々な光の火花が飛びました。

そうして川面へ、ジュウと落ちると、それはみんな魚になってしまいました。

魚はみんなやはり光を出していました。

さよとしのは、次から次へと花火を打ち上げました。

そして川面へは次々と火花が落ちて、みんな光る魚になりました。

やがてそのせせらぎは、いつのまにか光り輝く魚でいっぱいになり、川全体が光っているように見えました。

もう打ち上げる花火もなくなって、しのとさよは家に帰りました。

そして家の戸口のところでふり返ると、山間の川は、まだ、こうこうと光り輝いて流れているのでした……


「さよなら」「さようなら」

短い夏休みが終わりに近づくと、しのは、また、山百合《ゆり》の咲く小道をバスに乗って、町へ帰って行きました。

栗の木の枝が、ぼんやり風に揺れていました。

雨ふり花

バスが谷間にさしかかると、急に日が山の陰に入って、シノはおやっというふうに顔を上げて、窓の外を見ました。

今まで少しうとうとしていたらしくて、ひざの上に置いていたかばんがずり落ちそうになっていました。

あわててそれを元にもどすと、隣の席がいつのまにか空いているので、そこにかばんを置きました。

……隣の人が降りたのにも気付かないなんて、きっとぐっすり眠っていたんだとシノは思いましたが、今日は役員のしごとで学校に残ってやることがたくさんあったので、少しくたびれてもいたのでした。シノはちょっと目をこすって窓の外をみやりました。

それにしても……

とシノは、松のたくさんはえているその谷の斜面を見上げながら思いました。

……どうしていつも見慣れているこの谷間が今日にかぎっていつもと違うふうに見えるのかしら……

やがてシノはふうんと気がつきました。

……ほら　あの上の方に白壁の大きな家があるはずなのに……まだ解け残った雪がちょっとあるだけだわ……あの白い家どこにいったのかしら……あっちの方には団地ができかかっていたのに……やっぱりまだ解けない雪が残っているだけだわ……みんな急にとりこわしてしまったのかしら……

その上、なんだか松の木も、その間にある山桜の木も、辛夷《こぶし》の木も、いつもよりうっそうとしげっているようなのでした。

やがてバスが谷に沿って大きく右へぐるりと曲がると、反対の窓には、広々とした畑がけぶったように広がっているのでした。

ふうん　おかしいなあ……ここにどうして畑があるんだろ……

ほんとうはそこにはずうっと新しい家並が続いているはずなのです。

おかしいなあ……

そう思って、右の窓や左の窓をあちこち見渡していると、急にバスは速力を落として止まりました。

するとその停留所で、乗っていた人たちが次々と降り始めました。

――おつかれさん
――ごくろうさん
――……のじっさんによろしくナ
――ハイ
みな行商のように大きなふろしきを背負ったおばさんたちです。

この辺りじゃみかけない人たちばかりだ……

そんなことをぼんやり考えていると、もうバスの中にはだれもいません。

あらどうしてこんなに空《す》いているのかしら……

シノの降りる停留所までは、いつも少なくとも十人くらいは乗っているのです。

すると運転手さんがシノの方をふり向いて、けげんそうに言いました。

「終点ですよ」

「……え?……新町一丁目まで行かないんですか?」

「新町?　そんなとこありませんよ」

「でもここふもと橋でしょう?」

「そうだけど、あんたバス間違えたんだね」

「でもここ　ふもと橋なら、次の次は新町一丁目のはずなのに……」

「新町……なんてとこ知らないなあ……」

運転手さんは少し困ったように笑いながら言いました。

シノは変だなあとぼんやり思いながらも、しかたなくここで降りようと、いつもの定期をとり出しました。

「……おや　何だい？」

「？……これ定期です」

運転手さんは、そんなものを初めて見るように、また少し困ったように笑いながら
「あんた、お金がないんなら、この次乗った時でいいよ」

と言ってシノを降ろすと、バスはまたもときた道へ帰って行きました。

シノはほこりをたてて行くそのバスを、目をぱしぱしさせながら見送りました。


そこはまわりを見渡してもただ畑ばかり。

ふもと橋と言っても、古い木の橋がかかっているだけで、いつも見慣れたコンクリートの橋ではありません。

それに今日のバスはとてもかたこと揺れると思ったら、今来た道はいつものアスファル

トではなく、でこぼこな土の道なのです。

なんだかやっぱりバス間違えたのかしら、とシノは自分の家のある新町の方向を見やりました。

するとそこから先の道も、やはり見慣れない細々とした　草だらけの道で、山の奥へ迷い込むように続いているばかりなのです。

ふうん　こんな所は来たことないみたいだわ……

とシノは思いましたが、陽のかくれてしまったあい色の山の姿や、そこここの大きな栗の木やら柏《かしわ》の木など　よく見覚えのあるものもいくらかあるのでした。

いったい……間違ったのかしら……それとも……ここでいいのかしら……

シノは妙な気持でその細い道を上って行きましたが、だんだん夕暮が迫って来るし、なんだか大分心細くなって畑の方を見渡すと、まだむこうの東の山々には夕日が山肌をまぶしいように輝かせているので少し安心しました。

そうやって辺りをみまわしながら歩いて行くと
あら何かしら……

シノは右手の斜面の少し上の方に、今まで一度も見たことのない白い花を見つけたのでした。

近よって、かがんでみると、ソバの花みたいな気もしますが、そうではありません。

シノが思わず手をのばし、ぱちりと折った時でした。

「あ……雨が降る……」

とうしろで驚いたような声がします。

シノも驚いてふり返ると　さっきシノのいた道ばたに　髪をおかっぱにした同い年くらいの女の子が立っています。

「……どうして雨降るの？」

シノはちょっとびくびくしながら尋《き》きました。

「あんた……町から来たんだ……」

その子はまるでひとり言のように言いました。

シノが黙っていると
「雨ふり花って知らない？」

とその子は言います。

ふうん　とシノは手に持った白い花を　もう一度まじまじとみつめました。

「雨ふり花っていうのこれ……折ると雨が降るの？」

シノもひとり言のようにつぶやくと、その子はふっと笑いましたがそれはまたすぐ蒸気のようにすっと消えました。

なんだかその時、シノはその子にどこかで会ったような気持がしてふと近づこうとすると、その子はすぐにきびすを返して、そばに置いてあった大きなリヤカーをよいしょと引っぱりはじめたのでした。

リヤカーには牛乳を入れる大きな赤銅色のかんがたくさんつまれていて　引っぱるたびに中身の空っぽな音がしました。

その子はもうシノのことなど　どうでもよくなったみたいにうつむいて、よいしょよいしょと歩いて行きます。

そこでシノもその子の後について行くことになってしまいました。

というのも　その子はシノと同じ新町の方向へ歩いて行くからなのです。

シノはその子を黙って追いこして行くのも変な気がするし、ただうしろからついて行くのもおかしな気がして、しばらく立ち止まって見ていましたが、すぐに気をとり直してその子の傍に駆けて行きました。

「いっしょにこれ引っぱってあげる」

「……いいよ」

その子はうつむいたまま　ぽつりとそう言ったっきり、やはりずんずん歩いて行きました。

シノはそう言われるとなんだかもう声がかけにくくて、結局うしろからぼんやりついて行くことになってしまいました。

そうして　ときどき鼻をならしたり　せきをしてみたりしましたが、あいかわらずその子は　もう黙って歩いて行くだけなのでした。

変な子……

とシノは思いました。それにどうしてこんなものを引っぱって行くのかしら……

もうしだいに空は夕暮の色になり始めました。

それなのに道は、ますます狭く、その上さらに上りにもなって来て、その子の息づかいがうしろまで聞こえて来るので、シノはそっとそのリヤカーをうしろから押してやりましたが、その子は気付いているのか知らないのか、ただ黙って引っぱって行くだけでした。

やがてしばらくそうやって行った時でした。

小さな鐘のひびきが行く手の谷から降りて来るのです。

何だろうと思っているとむこうからやはりリヤカーを引いて来る人が見えて来たのでした。

そのときシノは　あんまり妙な匂いがするので　思わず顔をしかめました。

するると前にいた子が自分のリヤカーを道のわきへよいしょと寄せて、その人へ道をゆずりました。

その人はすっかり白くなった髪を五分刈りにして、顔はとても陽に焼けて銅のような色をしているのでした。

そうして　その人のリヤカーの前には、すり切れた皮のついた小さな鐘がついていて、それががらんがらん鳴るのです。

リヤカーの中には　やさいのくずや生のごみがいっぱい入っていて　リヤカーの端からぽたぽたとしずくが落ちていました。

「お、まさ子ちゃん、あんたん家《ち》は今寄って来た所だ」

「うんそう……あ　トヨは?」

「トヨ……どっかうしろだべや」

「ふうん……」

するとその子は　リヤカーの中から牛乳かんをひとつかかえてとり出しました。

「少しあるからさ……何か入れるもんある?」

「お……ある」

その人は急に嬉しそうに　にこにこしてリヤカーの端にぶら下げたブリキの皿をとり出しました。

その中にその子がほんの少し残った牛乳を入れてやると、その人は　えへっえへっとせきをするように笑いました。

すると道のむこうからぴたぴたと足音がして　すばやく近づいて来たのは、シノがはっとするくらい大きな真黒い犬でした。

シノは思わずあとじさって　その子のうしろの方へまわり込みました。

「ほら　トヨ……」

その子がそう言わないうちに、もうその犬は皿に頭をつっ込んで、ぴたぴたと牛乳をなめました。

「まさ子ちゃん、今日はお手伝いさんがいるんだな」

そのおじいさんはシノを見て言いました。

「……うん」

その子はちょっとのどにひっかかるように返事をしました。

「友達かい」

「うん」

今度はその子は少し笑って言いました。

シノはただ黙って　二人の言うのを聞いていました。

「おじさん、かあさんに言ったらだめよ、牛乳やったこと……しかられるから……」

「うん……すまね」

それ切りその子はまた急ぐようにリヤカーを道の真中に引っぱり出して、またよいしょよいしょと歩き出しました。

シノもその後から元気よく押して行きました。

しばらくすると　うしろでまたからんからんと鐘の音がしました。

シノがふり向いてみると、犬のトヨが前になったりうしろになったりして　リヤカーが降りて行くところでした。

シノはまたその子の背の方へ目を戻しました。

「……あのおじさん何する人？」

シノは思わず尋《き》きましたが、ふとその子は返事をしないような気がしました。

でもその子は
「豚のえさ集めて売ってるの」

とすぐに答えました。

「ふうん……」

どうしてそんなものが売れるのかしら……豚なんてみたことないのに……

それにしても知らないことをする人たちばかりだ　と不思議に思いながらもシノはそれきり口をつぐみました。

その子もそれ以上何も言いませんでした。

空はもうすっかり夕暮の色をしていました。


「あんたさあ……家帰んなくていいの?」

その子はうしろもふり向かずに言いました。

「うん……私の家こっちの方だもの」

なんだかぼんやり自信なげにシノは答えました。

「山のむこう?」

「ううん、ここの近く……」

「ふうん　変ねえ」

まさ子は立ち止まってうしろをふり返りました。

「私　あんた初めてみたわ……名前は?」

「星野シノ」

「星野さんなんて家　私知らない……」

「……もっと向こうには？」

「もっと向こうなんてもう道もないよ。いるのは狐や熊だけよ」

「ふうん……それなら私やっぱりバスを間違えたんだわ」

シノは急に心細くなって　急いで今きた道をひき返そうとすると
「もうバス来ないよ」

と　その子もあわてて言いました。

「え？　もう来ないの？」

「うん　こんなに遅く来るバスなんてないわ」

「そうかしら、まだ夕方なのに……」

「あんた……何にも知らないのね」

まさ子はそう言って　けげんそうにシノをみつめました。

シノはやっぱりおかしいなあと思って黙っていましたが、まさ子はシノが気を悪くしたと思ったのか　ちょっと口もとだけで笑いました。

それを見てシノはまた　おやっと思いました。やはりこの子にどっかで会ったような気がしたのです。

「あんた……シノさんだっけ、うちに泊まってもいいよ」

「え？」

「どうせ帰れないでしょ」

「うん……」

シノはぼんやりうしろをふり向いて暮れて行く谷を見下しました。

「……うん」


「かあさん　あの子　泊めてください……」

まさ子の声が奥の部屋で聞こえました。

そうしてまさ子のお母さんが何か答えているようでしたが、何を言っているのかはよく聞きとれませんでした。

シノは玄関の土間につっ立ったまま、心細げにそれを聞いていると、裏庭の方から小さなおばあさんがまわって来て
「あんた　お入んなさい」

と　なわとび唄をうたうように手まねきするのでした。

「はい……」

とシノがとまどって答えると、奥の方でまさ子のお母さんらしい人がまだ何か言っているのが聞こえました。

小さなおばあさんは、シノを連れて裏庭をまわり、縁側から離れの部屋に入れて　お菓子なんか出してくれました。

「どうもすみません……」

まさ子の家はどこもすすけたような古い木の家です。

庭の中に手おしポンプのついた井戸があって、家のどこかで大きな柱時計の時を刻んでいるのがここまでかすかに聞こえてきます。

縁側から入った時、シノはその奥の部屋にもう寝ている人がいるのに気がついて、ずいぶんと早く寝るんだなと思いましたが、そうでなくて寝ているのかしらんとぼんやり気がつきました。

おばあさんの部屋には丸いかさのついた電球が一個だけついています。

「……あ、シノさんやっぱりここにいたの」

まさ子が窓からのぞいてにっこり笑いました。

「まさ子、かあさんは何と言った？」

おばあさんが尋くと、まさ子はただ口をちょっとゆがめて笑っただけでした。

「この子はここで寝りゃいい」

おばあさんが言うと、まさ子はうなづいて
「私も今晩ここで寝る」

と背のびするように笑って言いました。

「ああ……なんぼうでも」

おばあさんはそう言って小さな部屋をきょとんとしたように見まわしました。

外はすっかりあい色になっていました。


……雨が降っているのかしら……

屋根のトタンをかすかにしぶきのようなものが吹き渡って行きました。

シノは夕方雨ふり花を手折ったことをふっと思い出しました。

外は静かになったかと思うと　また風が吹いたりしました。

シノはしばらくふとんの中で目をぱしぱしさせて、また眼をとじると、いつの間にか眠っていました。

やがてその聞きおぼえのある小さな鐘の音は　近づいて来てまた遠ざかりました。そうして消えました。

シノはふっと目が覚めました。

カーテンには明るい朝の光が射しています。

おやっとシノは思いました。

それはシノのよく知っているカーテンです。

それは自分の部屋の青いカーテンです。

はっきりと目を開けて見回すと　そこは確かにシノの部屋です。

そうしてシノは自分のベッドの中にきちんと寝ているのです。

どうやって帰れたんだろう……それともあれは夢……？

シノはなんだかちょっとがっかりしたような安心したような気持で頭を上げると、時計はもう学校へ行かなくてはならない時刻をさしています。

シノは道具しらべもしていないのを思い出して学校かばんを開けました。

そうしてそのときシノははっとして手を止めました。

かばんの中にはあの白い雨ふり花がまるでいま採ったばかりのように少しもしおれないままに入っているのです。

シノは急いで着がえをし、それを持って階段を降りました。

そうして玄関の黄色いフリージアの入った花びんの中にさしました。

「あらシノさん　そのみやまえんれい草どこで?」

お母さんがそれを見て言いました。

「うん……」

シノは自分でもわからないのでぼんやりそう答えると
「それ採ったら　雨が降るのよ……」

とお母さんは言いました。

おやあの子と同じことを言うと思ってシノがふり向くと、お母さんはふと変な顔をして言うのでした。

「でもこの　みやまえんれい草、もうこの辺りにはすっかりなくなってしまったはずなのに……」

「ふうん　みやまえんれい草?……これ採るとほんとうに雨が降るの?」

「さあ……お母さんの小さい頃はみんなそう言ったの」

「ふうん……」

シノが朝食を食べ終わってもう一度玄関のその花を見やると、お母さんもまたわざわざ

それを見に来て
「それにしても　まだどこかで咲いているのね……」

と不思議そうに言いました。

「行って来ます」

シノがふり返ると、お母さんは　まだ　その花を見つめていましたが　ふとシノの言葉にこちらを向いたとき、ちょっと口をゆがませて笑うその笑い方は、まったくあの子にそっくりだったので、シノははっとしてそのまま外へ出ました。

夢で会ったあの子もお母さんも　まさ子というのです。

ほんとうにあれは夢だったのかしら……


雨ふり花を採ったのに　今朝は　とても気持のよいお天気です。

かすかに地面から水蒸気がたち昇って、シノの乗るバスのアスファルト道のむこうには逃げ水がかすかに見えています。

シノはバスがやって来るまで、朝陽に青く照らされた谷の斜面をふり返りながら、ぼんやりけぶったように咲いている山桜を、ひとつ　ふたつ　と数えてみました。

ストーブ

灰色の服を着たその人は、ストーブを売る人でした。

その人は手も足も長くて、ひょろっとした人でした。

それなのに、そのいいものの重いだるまストーブを背中にしょって、町から町へと旅しているのでした。

「みなさん、このストーブは不思議なストーブなのです」

でも、誰もそのストーブを買いませんでした。

「このストーブには、薪《まき》も石炭も何もいらないのです」

それでも、誰もそのストーブを買おうとしません。

「何にも入れなくても、このストーブはこうしてごうごうと燃えるのです」

ほんとうにそのストーブは、その人の背中の上でごうごう大きな音をたてて燃えました。

それなのに、その人はちっとも火傷《やけど》もせずに、楽々と背負っているのです。

みんな気味悪がって、なかなか買おうとはしないのでした。

そんなストーブより、ちゃんと薪や石炭の燃えるストーブの方が安心なのです。

ところが、ある都会町へ立ち寄ったときのことです。

「それはいくらなのでしょう」

と、いかにも金持ちそうな貴婦人が尋《き》いたのでした。

「そうだなあ」

と、その人はしばらくじっとその貴婦人を見つめていましたが、自分の上着を脱ぐと、
それを差し出して言いました。

「これをすっかりきれいに洗ってくれたら、それでいいよ」

「それなら、お安い御用」

と、金持の貴婦人は言いました。

ストーブ売りは、それでは、と上着を渡しましたが、

「ただし」

とつけ加えました。

「あなたがご自分で洗って下さいよ」

「ええ　お安い御用よ」

と貴婦人は言って、急いでその上着を持って自分の屋敷《やしき》へ帰ると、女中頭《がしら》にそれを渡し、

「さっそくこれをすっかりきれいに洗っておくれ」

と命じました。

女中頭はそれをあずかると、今度は下っぱの女中に、

「これをしみひとつなく、きれいに洗うんだよ」

と命じました。

下っぱの女中はそれを受けとると、もっと下っぱの女中に、

「これを新品みたいになるまで洗いな」

と命じました。

もっと下っぱの女中はそれを渡されると、いちばん下っぱの女中に、

「こいつを真白になるまで洗いな、さもないと……」

と、げんこつでおどかしました。

いちばん下っぱの女中は、家があんまり貧しいためにやとわれてきた、まだ入りたての小娘でした。

その娘は灰色の上着を受けとると、さっそく川へ持って行って、ごしごしそれを洗いはじめました。

ところが、その上着のよごれはとてもすごいもので、半日かかっても、ちっともきれいにならないのでした。

それでも、きれいにしないと上の女中におこられるので、娘はいっしょうけんめい、ごしごし　ごしごしとその上着を洗いつづけました。

やがて日が暮れましたが、それでもその上着はちっともきれいになっていませんでした。

娘はしかたなく、また、ごしごし　ごしごしと洗いつづけました。

真夜中になって月が出ました。

娘は、もういいだろうと、月の明かりに上着をかざしてみました。

ところが、それでも上着はさっぱりきれいになっていません。

娘はしかたなく、また、棒のようになった腕を、ごしごし　ごしごしと動かしつづけました。

次の朝、娘はくたくたになって、朝日に上着をかざしてみました。

すると、まだまだ上着はちっともきれいになっていないのです。

娘は泣きそうになりながら、それでも、ごしごし　ごしごし　ごしごしとその上着を洗いつづけました。

そうして、とうとう三日三晩、娘はその上着を洗いつづけたのでした。

三日目の朝、日の出といっしょに、上着のすべてのよごれが落ちていました。

娘は足をひきずりながら屋敷へ戻り、それを上の女中に渡すと、納屋のすみでぐっすりと眠りました。

上の女中は、さらに上の女中へきれいになった上着を渡しました。

さらに上の女中は、さらに上の女中へそれを渡し、その女中は女中頭へ渡し、女中頭は女主人にそれを渡しました。

「おおよくやったね」

と、女主人は女中頭をほめてやりましたが、女中頭はそれを下の女中に伝えることはしませんでした。

さて、さっそく女主人はストーブ売りのところへ、きれいになった上着を持って行きました。

「ああ、こいつはいい」

と上着を見て、ストーブ売りは感心しました。

「ほんとうに、あなたが自分でしたのですね?」

と尋くと、女主人は、

「もちろんですわ」

とうなづきました。

それでは、と、ストーブ売りはストーブをその女主人に渡しました。

そして、またどこへともなく行ってしまいました。

女主人は馬車に積んでそのストーブを持って帰ると、客間の真中にそれをすえつけ、たくさんのお客を呼びました。

「みなさん、これはとても不思議なストーブなのですよ。何も入れなくても、ごうごうとひとりで燃えるのです」

「ほう……ほう……」

と、客はみんな感心して、ストーブをのぞき込みました。

ところが、ストーブはどうしたことか、中でちょろちょろとかすかに火が燃えるだけで、やっとわずかに暖かい程度なのでした。

「ほう……」

と、みんな失望して、ため息をつきました。

これではこの大きな客間を暖めることは、とてもできません。

女主人もすっかりがっかりして、さっそくそのストーブをはずさせると、女中頭を呼んで言いました。

「このストーブですっかり恥をかかされたわ。どうせお前が洗って手に入れたものだから、お前が捨てておいで！」

女中頭はそれを受けとると、さっそく下っぱの女中に命じました。

「このストーブですっかり恥をかいたよ。お前が洗って手に入れたもんだ。お前が捨てておいで！」

下っぱの女中はそれを受けとると、もっと下っぱの女中に命じました。

「こいつにすっかり恥をかかされたよ。お前が洗って手に入れたんだ。お前が捨ててきな！」

もっと下っぱの女中はそれを受けとると、いちばん下っぱの娘に命じました。

「お前のおかげですっかり恥をかいた。こいつはお前が捨てな！」

そこで娘はストーブを持って、家に帰りました。

捨てるにはもったいなかったのでした。

娘の家は貧しくて、ストーブすらなかったのです。

娘は自分を育ててくれたおじいさんとおばあさんに、そのストーブを見せました。

「おお、りっぱなストーブだこと」

と、おじいさんもおばあさんも口々に言いました。

「でも、燃やすものがないよ」

妹や弟が言いました。

すると、ストーブは、ぽっと小さな火をつけました。

おやおやと思っていると、火はちょろちょろとかすかに燃えて、わずかに暖かい程度になりました。

でも、おじいさんもおばあさんも娘も妹も弟も、なんて暖かい火だろうと、みんな近くへ寄ってストーブに暖まりました。

それからその小さなストーブの火は、いつまでもその小さな家を暖めつづけました。

microcosmos　ショート・ショート

1　王様のソネット

どうしよう
そうしよう
ああしよう
それもいい

みんなは　みんなで
みんなのしたいことを
王様は　ひとりで
王様のしたいことを

何もしないぞ
とも思わずに
何もしない

王様は
そんなことが
してみたい

2　いちばんはじめの犀

先ず　時間の中に犀がいた。

犀は　どのような形がよかろうかと
みじろぎもせずに時間の真中に

つっ立っていた。

やがて　扉の思考は少しずつ空間の底にたまって
ひとつの突起になった
あとはそれから必然的になぞらえて出来た。

それから　扉はその形を背負ってみた。
はじめのうちはしばしば落としもしたが
やがてその形に慣れると
形の方も扉に慣れていった。

すると扉は　その形を地上の目印のために残して
また　時間の中へ帰って行った。

3　三平方の定理

長い旅の帰りにピタゴラスは深い岩だらけの谷を馬に乗っていました。
木も草も、ほんのわずかしかなく、道は小石でごろごろしていました。
やがて〝ああ　疲れた　疲れた〟と馬が言いました。
馬は長い間　ピタゴラスを乗せていたので　本当にくたくたになっていたのです。
それで　今度は　ピタゴラスが馬を背負って歩きました。
お礼に馬は　一つの定理をピタゴラスの耳元にささやきました。
しかし、ピタゴラスは背中の馬の重さに耐えかねて、あえいでいたので、それが馬のささやきとは気付きませんでした。
ピタゴラスは、それを自分の発見と思い込みました。
ピタゴラスは　忘れぬように、背中の馬にその定理を語りました。
馬はやさしく黙って　うなづきました。

4　仔牛

かいばおけの前で　わらにまみれた仔牛が　寝返りをうったので　ギリシアの円柱が
突然噴水となって千頭の馬を噴き出します。
月は熱くなって　海を手づかみに引きちぎります。
いつも開かれた海は　魚たちの心臓を通って　みがかれた風景にきざみをつけます。
大洪水は　地平線のところであやうく立ち止まります。
かいばおけの前で　わらにまみれた仔牛が起き上がり　地球をあやしてやったのです。

5　地平線の牛

空はすべてのまなざしをそこでせきとめます。
許可された星だけを通過させます。
かいばおけの前で眠っていた牛は　ふとうしろ向きになった空を見てしまいます。

そのすきに牛は空のうしろにかくされていた予備の地平線をしっけいします。
牛は　ときどきそれを地面に置いては　注意深くゆっくりと越えてみたりします。
けれども風景は不動のままです。
牛だけが風景からいなくなります。

6　ブラジルへ行った牛

不意に牛は風景からすべり落ちて　地球の反対側で絡み合った葉の裏にとまっていたモルフォ蝶の夢の中に落ちました。
牛はそわそわ夢の中で地平線をさがしました。
蝶は　その重たい夢に目覚めて　うっかりとその夢を水草の浮いた小さな池に落っことしました。
夢の中で　牛は自分の地平線を描きました。
すると小さな池は　夢から目覚め　背のびをして小さな川になりました。
小さな川はアマゾン川へ流れ　夢の牛も　アマゾン川へ流れ出ました。

白人の蒸気船も　土着民のカヌーも　その夢に気付くことができません。
やがてもうすぐ入江というところで　盲目のアマゾン川が突然眼をひらき　夢の牛をみつけました。
牛はあわてて　地平線のうしろにかくれました。
アマゾン川はしつこく追いかけるので　あたりは洪水になりました。
土着民たちは　地平線を消しました。
するとアマゾン川はまたもとの盲目になって　海へ流れて行きました。
消えた地平線の向こうでは牛がなつかしい故郷の地平線を描きました。
そして　のったり　のったり　その地平線を越えて行きました。

7　とあるところ

とあるところに風景が住んでいました。
だれも来ないので引っ越しました。

風景のいないところへ雲がやって来ました。
道に迷って消えました。

風景のいないところへライオンがやって来ました。
だれもいないので自分のものにしました。

風景のいないライオンのところへ月がやって来ました。
お腹が空いていたのでライオンを食べました。

風景のいない月のところへ風景が帰って来ました。
月がじゃまなので塗りつぶしました。

8　飼育

ぼくたちは　野原に風景の種をまきました。

すこしたつと小さな風景ができました。
でもまだ風景は眠ったままでした。

またすこしたつと中ぐらいの風景ができました。
風景はうす目を開けて　ぼくたちを見ました。

またすこしたつと大きな風景ができました。
風景は起き上がってどこかへ行ってしまいました。

9　野原で

ぼくは野原で風景をひろいました。
あまり汚れていたので　たらいで洗いました。
すると千匹の野兎が　たらいにあふれました。
それから　ものほしざおにつるしてかわかしました。

すると引力に引かれて　星がたくさんころげ落ちました。
ぼくは野原に風景を返しました。
ふとみると　風景の中身はすっかり洗い流されてなくなっていました。
あんまりみっともないので　ぼくは風景にそれらしい風景を描いてごまかしました。

10　一人芝居

山はただ空にぶらさがっているだけでした。
道はいたるところ　リボンのようにむすばれていました。
ごろり　ごろりと　雲はころがって　どこまでも空をでこぼこにしてゆきました。
誰も見ていない風景のひとり芝居でした。

だれもみていない風景を　雲がそっとのぞいていました。

11
扉

うしろに足音がして扉はふり返った。
するとすぐそこに地平線がせまっていた。
じっと立っていると　地平線はおかまいなく扉を越えて行く。
風景も地平線もろとも行ってしまう。
それでも扉は　のったり歩いていた。
地面も空もないところを歩いていった。
どんよりとも　からりとも　していなかった。
ふと扉はふり返った。
すると自分の身体がみつからなかった。
扉はいなくなっていた。
それでも　いなくなった扉は　のったりと歩いていった。

12　欠ける月

いつも小屋の中にいたほうきは　空に月があることなんぞ　生まれて以来　ちっとも知りませんでした。
ところが　ある晩ふと目を覚まし　空を見上げると　まんまるく　光っているものがあるのでした。
ほうきは　まじまじと　月を見上げて　ひどく感心しました。
次の夜も　ほうきは　月を見上げて　とても感心しました。
次の夜も　ほうきは　月を見上げて　ますます感心しました。
次の夜も　ほうきは　月を見上げて　いよいよ感心したのでした。
ところがそのうち　ほうきは　月が　だんだんと欠けて小さくなってゆくのに気がつきました。
……これは　自分がみつめすぎて　すりへらしたのかしらん……
そうほうきは心配になりました。

そうして　それから　ほうきは　もう夜中に起きて月をみることはやめました。

13　へびのクリスマス

へびは少しおどおどしながら　それを見上げました。
それは　たしかに　ぽっかりと開いた　空の穴らしいのでした。
……なあんで　こんなとこに　こんなもん　あるんだろ……
とへびは　ひょいと　首を出してみました。
すると
わあっ　といっせいに　叫び声がして
へびはびっくりして　そのまんま　ひょい　と飛んで行ってしまいました。
しばらくして　いたずらっぽい笑顔で　へびに近づいて来た子供がいました。
その子はへびをつかむと　それをまた小さくたたんで　もう一度　びっくり箱へ返しました。

14　山猫郵便局

ふきの空洞のプラズマターミナルを抜けると　山猫の郵便局がありました。

山猫は言いました。

「もちろん　そうすることは　出来ない訳でもありません」

お客が言いました。

「では　よろしく　たのみましたよ」

「ですが　そう　たやすく出来るものでもありませんです」

「ではなんとか気をきかして　やってみて下さい」

「しかし　そうしたからといって　必ず出来るものでもありません」

「では　やるだけでもやってみて下さい」

「もちろん　やるだけのことだけしか　出来ませんでしょう」

「では　どうするのです？」

「わかりませんです」

そうして　山猫は次々と仕事をさばいて行きました。
今日も山猫郵便局には　ひとつの　手紙も　小包も　ありませんでした。

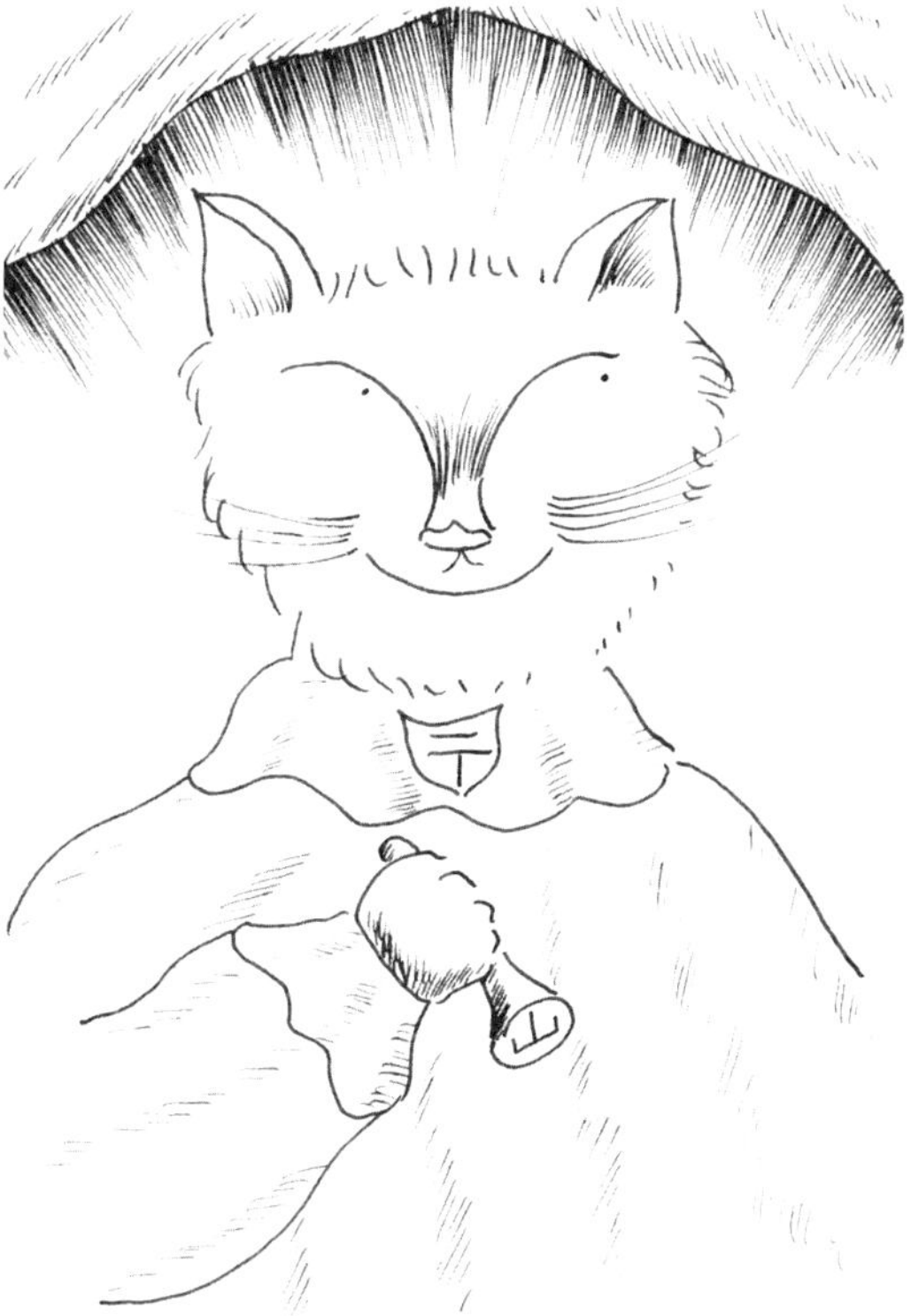

長靴を穿《は》いたテーブル

小さいギオとアルブレヒトは同い年齢《とし》でした。そしてアルブレヒトは、ギオがまだ八歳の時に死んでしまいました。それでもアルブレヒトは天寿《てんじゅ》を全《まっと》うしたのでした。（アルブレヒトは犬だったので）

アルブレヒトが死んでしまってからは、かわりにアルブレヒトの大好きだった台所の古いテーブルの世話《せわ》を小さいギオが毎日してやるようになりました。アルブレヒトがそのテーブルを好いていた訳は、多分四つの足で立っていたからにちがいない、と小さいギオは思いました。

実際、アルブレヒトは休むことなく立ちつづけるテーブルを尊敬していました。一方、テーブルは自由自在に駆けまわるあの不思議なテーブル（すなわちアルブレヒト）を尊敬していました。

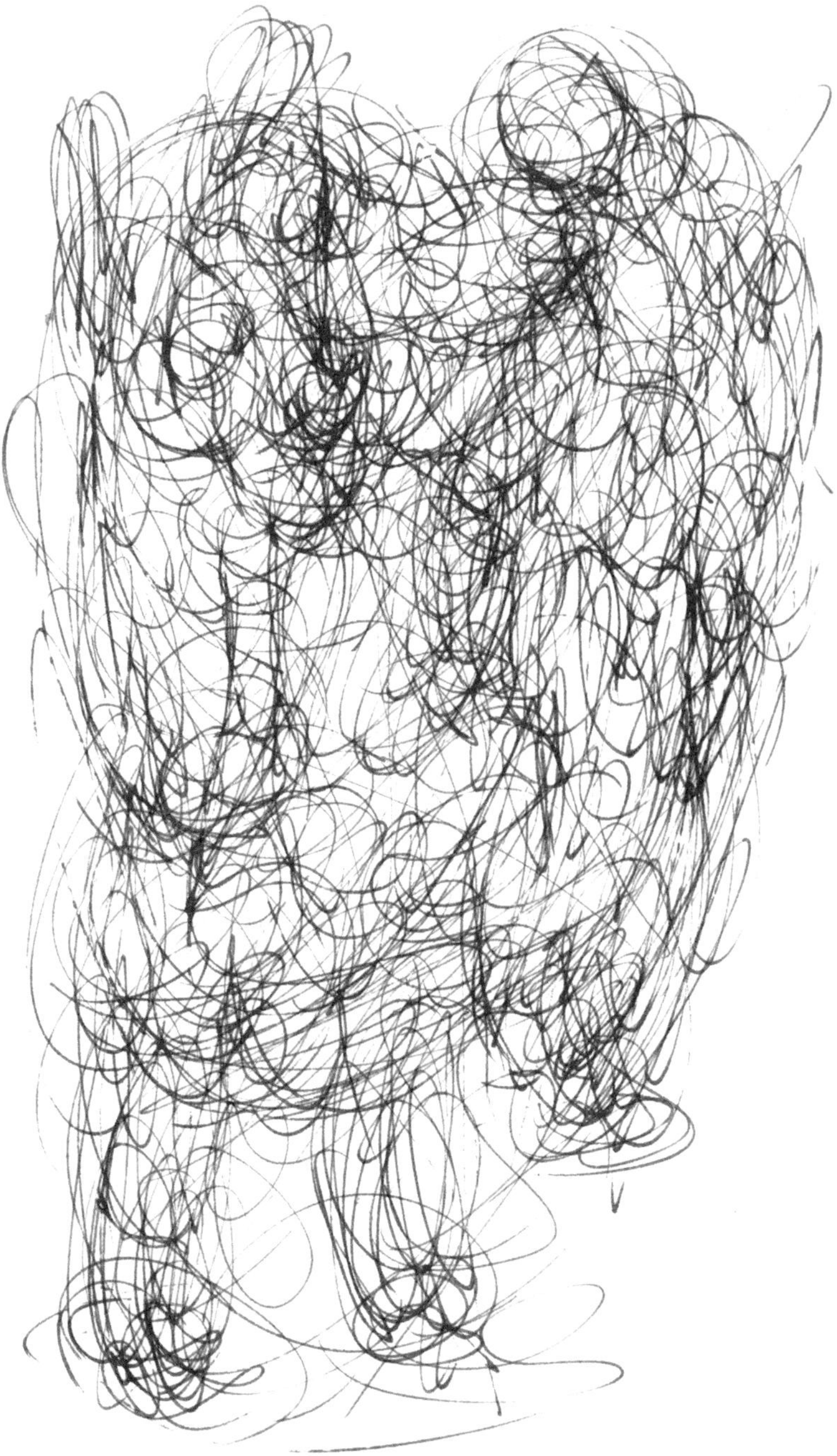

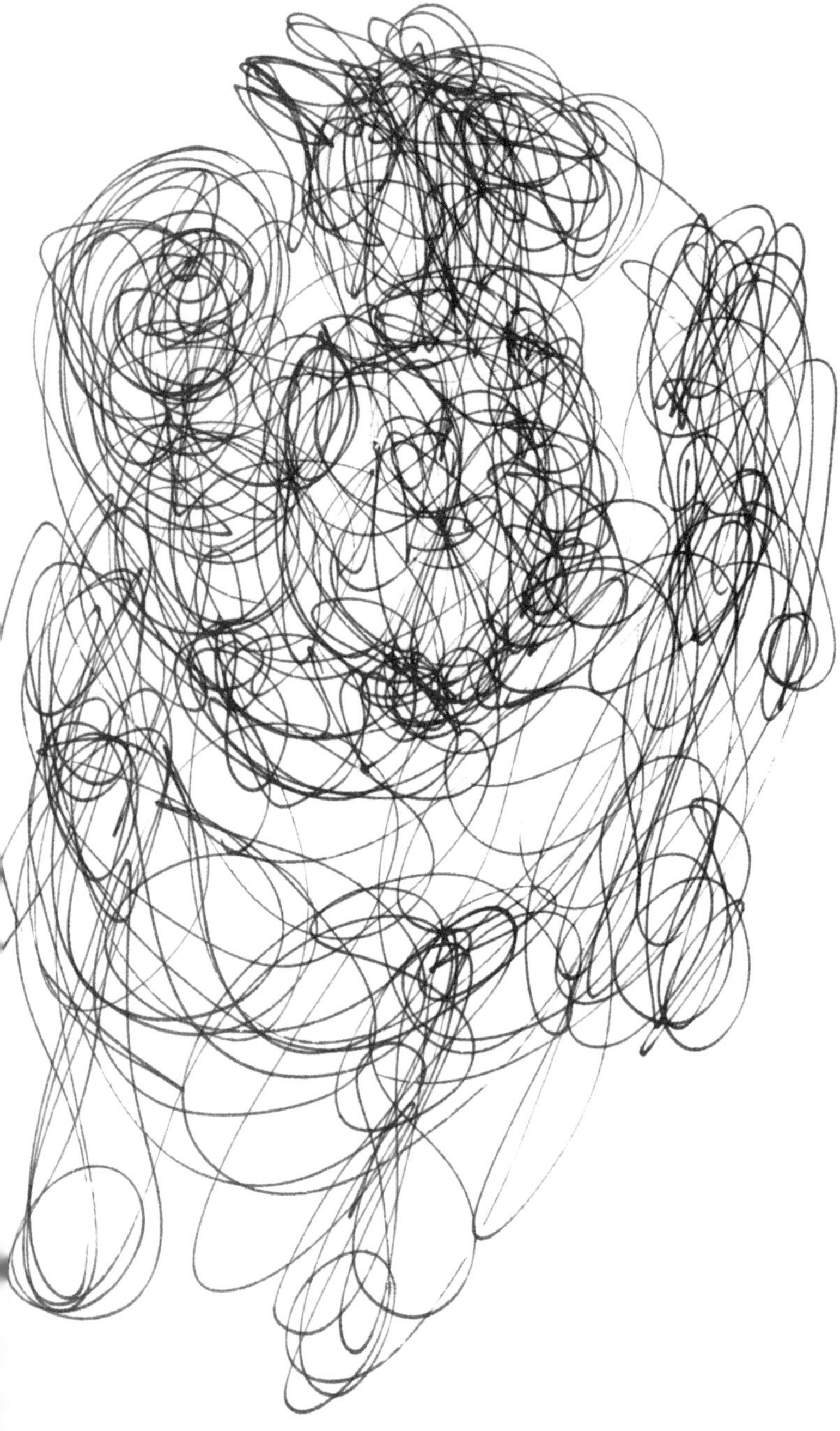

彼らは良い友達でしたが、一言も言葉は交《かわ》しませんでした。（その必要もなかったし、不可能でもありました）

アルブレヒトが死んで三日目の夜、テーブルは（ひとりで台所にいたのですが）背中に熱いものを感じてふり向きました。するとそこにアルブレヒトの魂がのっかっていました。

——テーブルよ（と、アルブレヒトははじめてテーブルに話しかけました）わしは古い友へ贈り物をするために降りて来た。地上へそれを忘れるために……

——……ほう、で、どんな贈り物かい？　アルブレヒト。

——何を望むかね？　テーブル。

――……私は……おまえさんみたいに駆けてみたい……

するとアルブレヒトの魂は消えて、テーブルの上にはいつのまにか朝の光が射していました。

それからいつものように小さいギオがやって来て、テーブルの上にのっかりごしごしきれいにみがき始めました。

――……なあ、小さいギオ　（とテーブルは言いました）

――うん、なんだい？

――私は……なんだか走れそうな気がするんだが……

――……うん、でも、まず歩くのからにしなよ。ちっちゃい子でもそれからやるんだから。

――そうか。

テーブルはうなづいて、コンコンコンと台所の中を歩いてみました。

――ああ、調子がいいねえ。

背中に乗っかったギオが笑って言いました。

テーブルはしばらくそうやって歩いているうちに、いますぐ走ってみたくなりました。

――もう外へ出てもいいだろう?

テーブルが言いました。

ギオも賛成して物置から古長靴を二足持って来て、テーブルの四本の足に穿《は》かせました。

——泥だらけになるとかあちゃんがいやがるからね。
——そうだな。
テーブルは小さいギオを乗せて、外をトコトコ駆けてみました。
まったく具合《ぐあい》良く走れました。
小さな川なら飛び越すこともできました。

それから毎朝、テーブルは小さいギオを乗せて野原や林を駆けまわりました。
そしてテーブルはだんだん独《ひと》りでも夜そっと家を抜け出して、思いっきり駆けまわるようになりました。テーブルは駆けることがこんなに嬉しいことだとは（だろうとは思っていたけれど）知りませんでした。

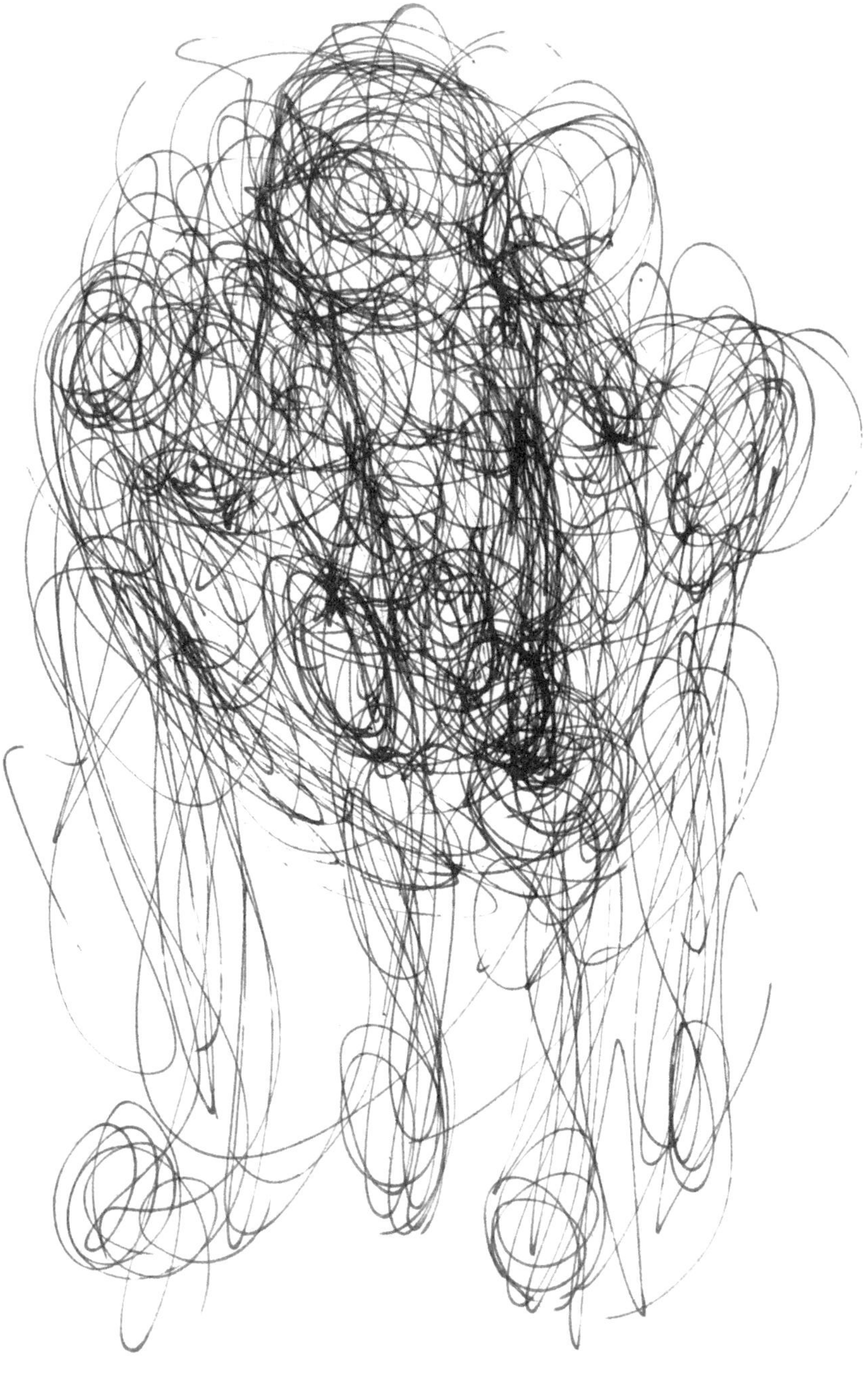

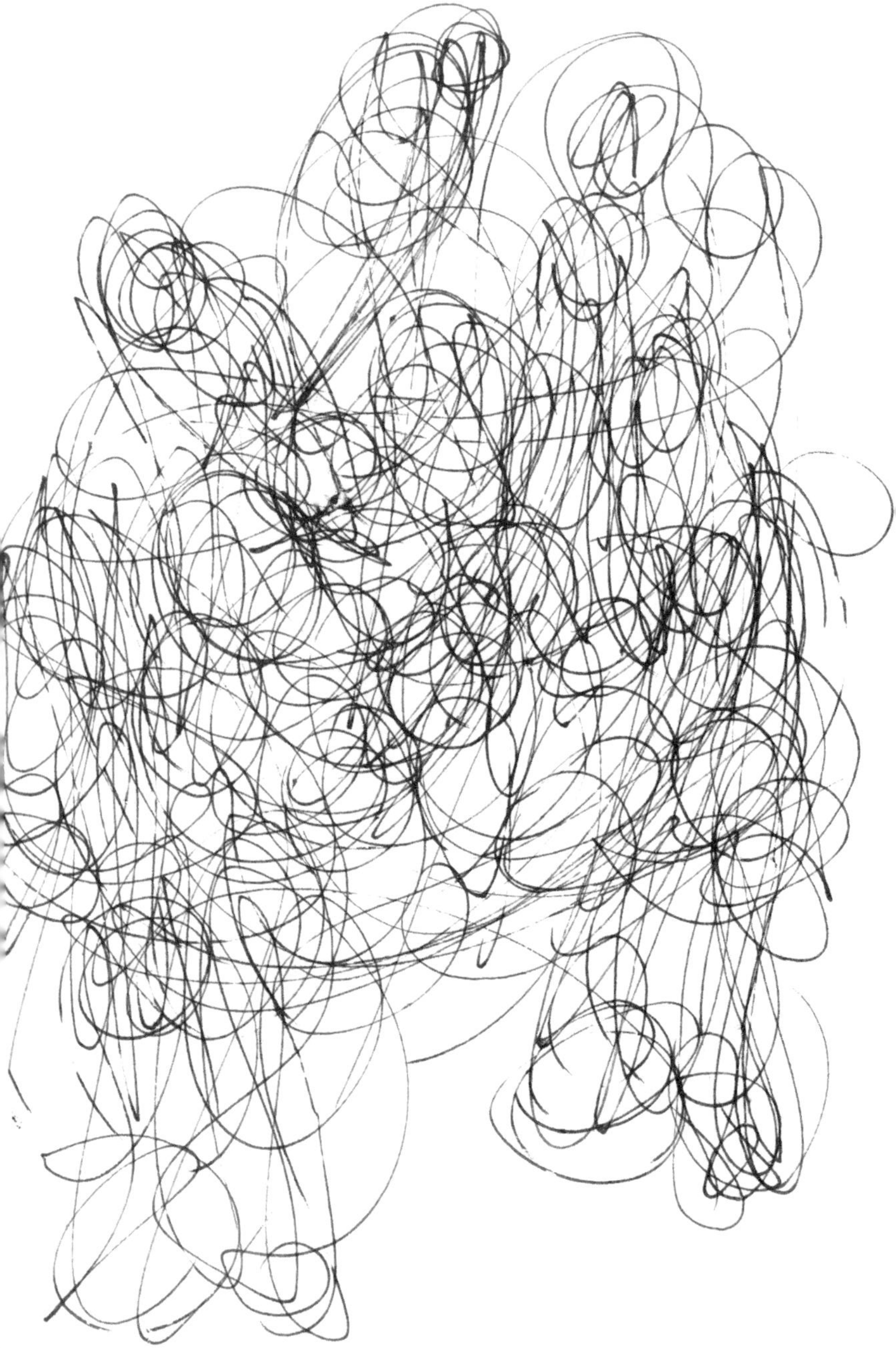

ある夜、テーブルはたくさんの料理を支《ささ》えながらこらえていました――そう、いままでは黙って立っていることなど何ともなかったのに、今は〝走るまい、走るまい〟と、こらえなくてはならないのでした。

ちょうどその夜はたくさんのお客が来ていて、長い長いおしゃべりと、長い長い食事が続けられていました。

テーブルは、そっと小さいギオにささやきました。

――なあ、小さいギオ、私はとっても走ってみたいな……

そう言ったとき、テーブルの上の食器がかすかにかちかち鳴りました。

――だめだよ、テーブル。もう少しで終わるからね。

でも、いつまでたっても食事は終わりになりませんでした。

するとテーブルの上の食器は、はっきりとかちかち鳴り出しました。そしてその音はだんだん激しくなってくるので、客も主人もみんな、地震だろうか、とあたりを見回しました。

小さいギオは、もう限界だな、と思いました。そして叫びました。

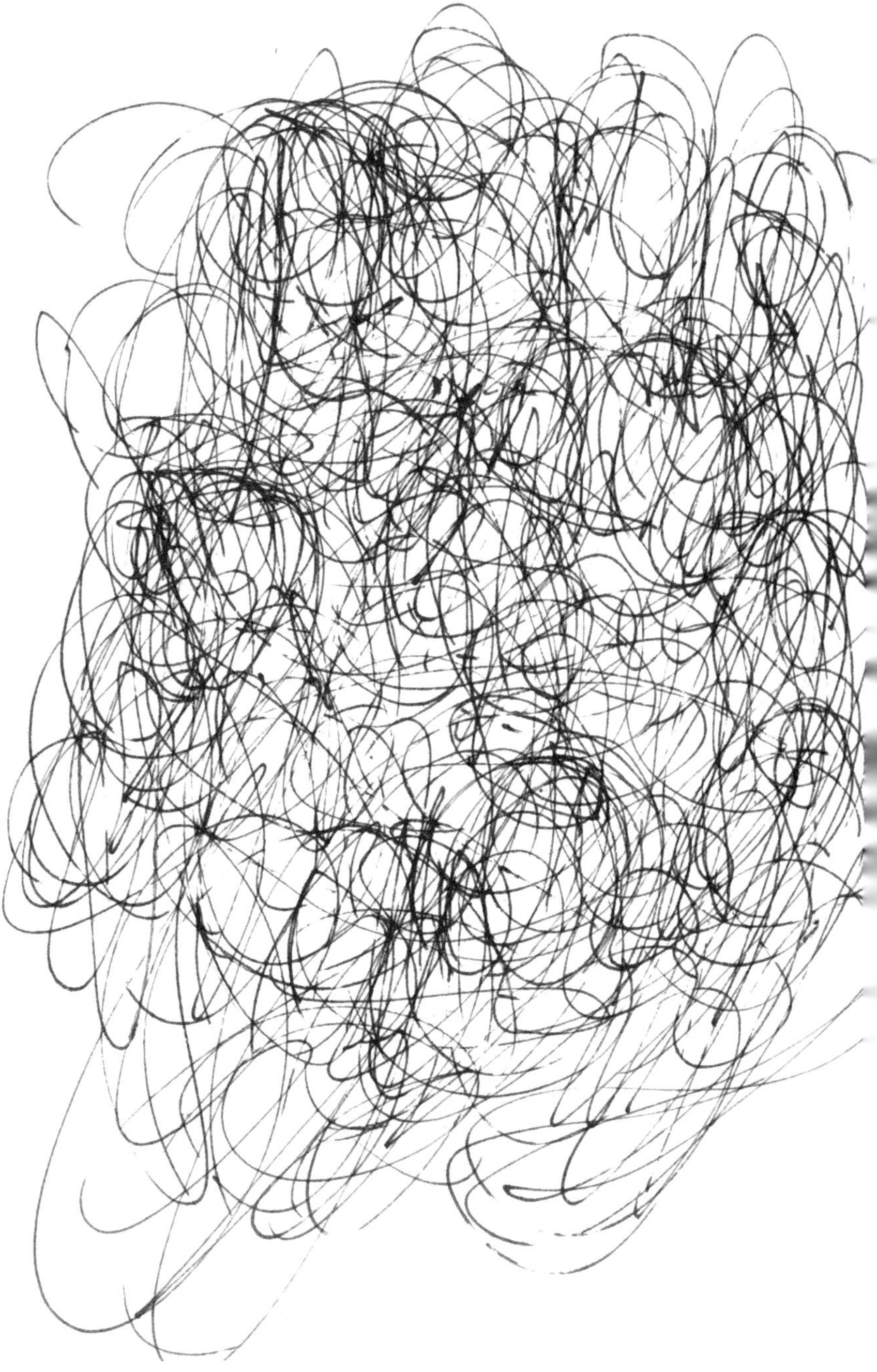

――走れテーブル！

言い終わらぬうちにテーブルはおいしいごちそうを全部背中にのせたまま、窓を飛び越え、野原をタッタッタッと駆け出しました。

お客たちはびっくりして、ある者は腰を抜かし、ある者はほうきやフライパンや肉のつきさったフォークを持ってテーブルを追いかけました。

テーブルは走っても走っても疲れませんでした。それに背中にのせたごちそうも、ワインの一滴さえもこぼさずに、どんどん走って行きました。

ところが、なんだかテーブルはだんだん背中が熱くなってくるのを感じました。ふり向くと、晩餐《ばんさん》のろうそくが一本倒れて、テーブルかけを焦《こ》がしているのでした。

やあ、しまった、と思ってテーブルはますます早く駆けました。

すると風にあおられて、火もしだいに広がって行きました。

テーブルはもっともっと早く駆けました。

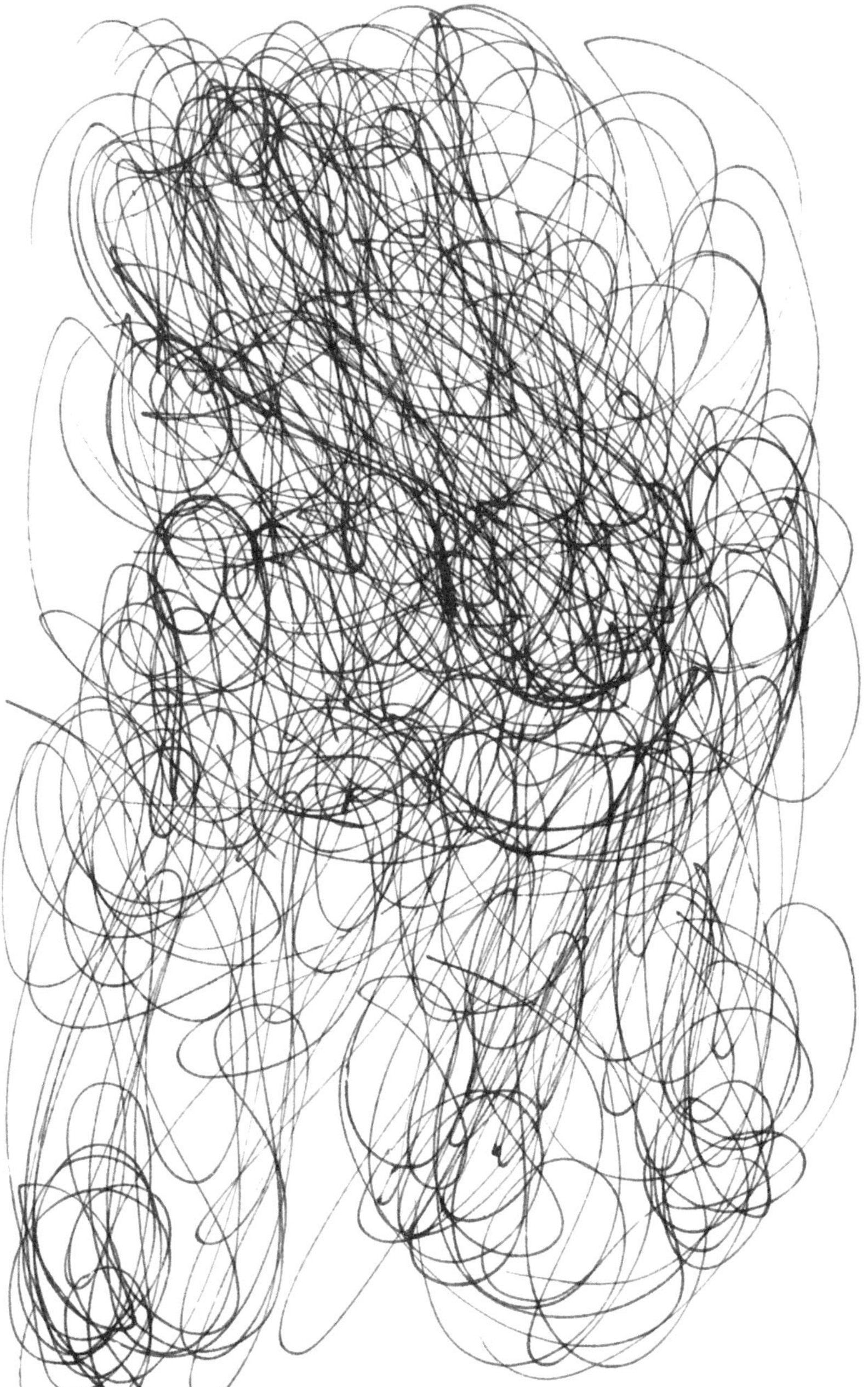

火もどんどん大きくなって行きました。

そうしているうちに、テーブルはだんだん訳がわからなくなって足もとがふらついてきました。そして地面の小さなくぼみに足をつっこんでひっくりかえりました。それでようやく火が消えました。


やれやれ、とテーブルは安心しましたが、四つの足を上にしてひっくり返っているので、もう走ることができませんでした。

お客と主人が追いついたときには、テーブルはまだ少し青いけむりをぶすぶす出していました。そこでお客たちは川から水をくんできて、テーブルの火をすっかり消してから、みんなでかついで帰りました。

テーブルの背中には円く焦げた穴があきました。それでテーブルはそこにうすい板を貼られ、食堂のすみに置かれました。そしてもう正餐《せいさん》用には使われなくなりました。

ギオはまた毎日テーブルをみがいてやりました。でもテーブルはもう二度と走ろうとしませんでした。

――テーブル、どうして走らないんだい？

と、ギオは尋きました。

――走りたいと思うんだがな……どうやって走ったんだか、忘れてしまったんだよ……

ギオはテーブルの背中をなでました。きっとあの焼け落ちた所が走り方を覚えていたんだろう、と小さいギオは思いました。

それからはいつもテーブルは、食堂のすみで、洗っていないお皿《さら》や汚れたポットをのせていました。

でもたくさんお客が来る時だけ、いちばん下座《しもざ》のお客のために使われました。

そして長いおしゃべりや、長い食事の間に、ときどきぐらぐら震えることがありました。

すると決まって、

――こいつもすっかり古くなったねえ……

と、おかみさんが言うのでした。

いわた　みちお

1956年網走市に生まれる。

北海道大学理学部入学、卒業目前に中退。以後、創作に専念し絵画や詩、童話を制作する。童話は佐藤さとる氏に師事。同人誌『鬼が島通信』に投稿するかたわら、童話と散文集『雲の教室』と詩集『ミクロコスモス・ノアの動物たち』を出版。

拠点を旭川に移し、旭川の自然を中心に描く。1992年童話集『雲の教室』（国土社）で日本児童文芸家協会新人賞を受賞。

1996年旭川の嵐山をテーマにした詩画集『チノミシリ』出版。

2014年7月心臓発作のため、数多くの作品を残したまま急逝。

新刊に『イーム・ノームと森の仲間たち』、ふくふく絵本シリーズ3冊、『ファおじさん物語』春と夏、『同』秋と冬、『らあらあらあ』『音楽の町のレとミとラ』（未知谷）がある。

長靴《ながぐつ》を穿《は》いたテーブル

2021年7月15日初版印刷
2021年7月30日初版発行

著者　岩田道夫
発行者　飯島徹
発行所　未知谷
東京都千代田区神田猿楽町 2 丁目 5-9　〒 101-0064
Tel. 03-5281-3751 / Fax. 03-5281-3752
［振替］　00130-4-653627

組版　柏木薫
印刷所　ディグ
製本所　牧製本

Publisher Michitani Co. Ltd., Tokyo
Printed in Japan
ISBN 978-4-89642-641-0　C0095

8歳から80歳までの子どものためのメルヘン

岩田道夫の世界

表示はすべて本体価格、購入の際は税を加算してお考え下さい

音楽の町のレとミとラ＊

ぼくは丘の上で風景を釣っていました。日がおちてあたりが赤銅色になった頃　手ごたえが……えいっとつり糸をひっぱると風景はごっそりはがれてきました。ブーレの町でレとミとラが活躍するシュールな20篇。挿絵36点。

144頁 1500円
978-4-89642-632-8

ファおじさん物語　春と夏＊

978-4-89642-603-8 192頁 1800円

ファおじさん物語　秋と冬＊

978-4-89642-604-5 224頁 2000円

誰もが心のどこかに秘めている清らかな部分に直接届くような春夏秋冬のスケッチ、「春と夏」20篇、「秋と冬」18篇。一篇一篇と読み進めているうちに、日常のさまざまな抑圧から少しずつ解き放されて行き、時がゆっくりと流れていることに気づかれるでしょう。そこからは、あなた自身の物語が始まるかも知れません……

らあらあらあ　雲の教室＊

シュールなエスプリが冴える！　連作掌篇集　全45篇
中学校の教室は空想の種に満ちていました。廊下に出ているこの椅子は校長先生なのではないだろうか？　苦手なはずの英語しか喋れなくなったら？　空の向こうから成績の悪い答案で出来た紙飛行機が攻めてくる！　給食のおばさんの鼻歌がいろんな音に繋がって、教室では皆が「らあらあらあ」と笑い出し…

192頁 2000円
978-4-89642-611-3

ふくふくふくシリーズ　フルカラー64頁　各1000円

ふくふく　犬くん　きみは一体何なんだい？
ボクは　ほんとはきっと　風かなにかだと思うよ

ふくふくふく　水たまり＊

978-4-89642-595-6

ふくふくふく　影の散歩＊

978-4-89642-596-3

ふくふくふく　不思議の犬＊

978-4-89642-597-0

イーム・ノームと森の仲間たち＊

128頁 1500円　978-4-89642-584-0

イーム・ノームはすぐれた友だちのザザ・ラパンと恥ずかしがり屋のミーメ嬢、そして森の仲間たちと毎日楽しく暮らしています。イームはなにしろ忘れっぽいので　お話しできるのはここに書き記した9つの物語だけです。「友を愛し、善良であれ」という言葉を作者は大切にしていました。読者のみなさんもこの物語をきっと楽しんでくださることと思います。

未知谷